태평양 건너
언덕 위에서

태평양 건너 언덕 위에서

1판 1쇄 발행 | 2022년 3월 1일

지은이 | 이명렬

발행인 | 이선우

펴낸곳 | **도서출판 선우미디어**

　　　　등록 | 1997. 8. 7 제305-2014-000020

　　　　02643 서울시 동대문구 장한로 12길 40, 101동 203호

　　　　☎ 2272-3351, 3352 팩스: 2272-5540

　　　　sunwoome@hanmail.net

　　　　Printed in Korea ⓒ 2022. 이명렬

값 13,000원

ISBN 978-89-5658-691-5 03810

태평양 건너 언덕 위에서

이명렬 산문집

선우미디어 sunwoomedia

작가의 말

오랫동안 내 품에 안고 있던 것들을 외부에 내놓았습니다.

20대에 유학생으로 San Francisco에 첫발을 디딘 이야기, 75세에 회사 문을 떠나는 이야기 등 간직하고 있던 마음속의 작품들을 만들면서 희열을 느끼기도, 즐겁기도, 또한 울기도 했습니다.

혼자서 이들을 갖고 있었을 때는 지난날들의 일기장이 되기도, 내일을 바라보는 마음의 준비이기도 했습니다.

이제 내 품을 떠난 이들은 이 작품을 읽거나 보거나 하는 독자들의 몫으로 돌아갔습니다. 뒤늦은 바람은 함께 공감하고 친밀을 느끼는 작품이 되었으면 하는 희망입니다.

미국 Redondo Beach에서
이명렬 드림

차례

4부 로마의 휴일

7부 English Esaay

1부

상심자 차를 마시며

꽃이 할 일은
어느 곳이든 뿌리를 내려 아름답게 꽃을 피우는 것이라면,
우리가 할 일은 발이 닿는 그곳에서 열심히 일하여
아름다운 열매를 맺는 것입니다.
자연은 조용합니다.
자연은 진실합니다.
자연은 숭고합니다.

상심자 차를 마시며

계절은 어김없이 찾아온다. 3월 초가 되니, 뒷마당 왼쪽에 있는 뽕나무 가지마다 새파란 새싹과 열매인 오디가 귀엽게 함께 자라면서 초봄의 모습을 나타낸다. 이곳에 심은 지 4년이 되어오는 뽕나무는 말레이시아산이라고 한다. 나무 자체가 한국산 뽕나무보다 크고, 오디 역시 2~3배나 크다.

뽕나무가 크게 자라서 가지 일부가 담 넘어 이웃집으로 넘어가서 높게 자란 가지는 잘라주었다. 결국 낮은 가지 몇 개만 남겨 놓았다. 나무를 자르는 광경을 보고 있던 아내는 톱으로 베어낸 가지에서 새로 나온 연한 뽕잎들을 따서 '뽕잎 밥'을 만든다고 그릇에 가득 채워 담는다.

우연이 뽕나무에 관한 이야기를 읽었다. 뽕나무 열매인 오디 색깔이 본래는 흰색이었다고 한다. 오랜 옛날 바빌론에 사는 소년 피라모스 (Pyramus)와 소녀 티스베(Thisbe)는 이웃에 살고 있었다.

소꿉친구였던 이 둘은 자라면서 서로 사랑하는 사이가 되었으나 양가의 반대로 만날 수가 없었다. 이들이 할 수 있는 것은 집안사람들의 눈에 띌세라 밤마다 담벼락에 난 틈새로 사랑의 밀어를 새벽이 밝아 오기까지 속삭이는 것이 전부였다.

어둠 속에서 담 사이로 목소리를 나누는 것으로 지친, 사랑에 불타던 두 연인은 마침내 야반도주해서 니노스의 왕릉에서 만나 함께 다른 곳으로 도망가서 살기로 마음먹는다. 니노스의 왕릉 옆에는 커다란 뽕나무가 있고 그 옆에는 샘물이 흐르고 있었다.

약속장소에 먼저 도착한 티스베는 방금 먹이 사냥을 하면서 얼굴이 피투성이로 물든 사자를 만났다. 사자 모습에 놀란 티스베는 혼비백산해 도망하면서 목을 감았던 베일을 땅바닥에 떨어트리고 만다. 사자는 티스베가 떨어트린 베일을 피로 물든 입으로 물어뜯어 피투성이로 만들어 놓고 사라졌다.

늦게 도착한 피라모스의 눈앞에 보이는 것은 사랑하는 여인이 아니라, 그녀가 늘 두르고 다니던 찢어지고 피에 젖은 베일이었다. 피라모스는 늦게 도착해서 애타게 사랑하는 연인을 지켜주지 못한 자신의 무력함에 오열하며 지니고 있던 검으로 가슴을 찔러 자살했다. 뽕나무 아래에 쓰러진 그의 몸에서 쏟아진 붉은 피는 나무 밑을 흥건히 적셨고 샘물까지도 피로 물들었다.

시간이 얼마나 지났을까, 사자를 피해 바위 뒤에 숨어 있던 티스베는 찢어진 자기 베일과 피라모스의 시신을 발견하고 무슨 일이 일어난 것인지 단박에 알아차렸다. 충격과 슬픔으로 한동안 몸을 가누지 못하던 그녀는 자신도 피라모스의 검으로 자결했다.

본래 뽕나무 열매 오디는 흰색이었는데 피라모스와 티스베가 죽을 때 흘린 피로 물들어 오늘날처럼 검붉은 색으로 변했다고 한다. 청춘 남녀의 이루지 못한 사랑 이야기가 인류의 역사만큼이나 오래된 이야기가 여러 개 있나 보다. 물론 셰익스피어의 로미오와 줄리엣도 비슷한 이야기다.

익지 않은 오디들을 살짝 데친 다음에 햇볕에 말려 차로 만든다. 이 차를 '상심자 차'라고 부르는데 변비, 피부미용, 갈증, 빈혈, 불면증, 건망증, 당뇨병 등 치료에 도움을 준다고 한다.

뽕나무 잎을 넣어 지은 밥이 다 되었다고 아내가 부른다. 4월 초에 새로 나온 뽕잎으로 밥을 지으면 그 맛이 별미다. 뽕잎밥 위에 작년에 간장으로 담가둔 뽕잎 장아찌를 얹어 밥 한 그릇을 뚝딱 비웠다. 식후에 아내가 만들어준 상심자 차를 마시며 뽕나무에 얽힌 이야기에 잠긴다. 무심했던 뽕나무가 다시 보인다.

* 그레고리오 파가니가 그린 피라모스와 티스베의 그림이 우피치 미술관(이탈리아 플로렌스)에 소장되어 있다.

꽃밭을 가꾸며

6·25동란 전부터 인천에서 살던 집 한가운데에 작은 마당이 있었다. 그곳에 어머니가 꽃밭을 만들어 칸나와 백합, 달리아 등을 길렀다. 어머니는 유난히 백합을 좋아했다. 마당 한쪽에는 포도나무가 있었다. 여름에 포도를 따서 먹었는데 맛이 달지 않고 시어서 포도나무 밑에 사탕 물을 부어준 기억이 난다.

처음 흙을 만져본 것은 초등학교 4학년 때, 1·4 후퇴 당시 충청도로 피난 가서다. 시골 초가집의 문간방에서 피난살이를 했다. 부엌에 땔감이 없어서 야산에 올라가 진달래 뿌리를 캐기 위해서 호미로 이곳저곳 흙을 파냈는데 이것이 흙과의 첫 인연인 듯싶다.

미국의 집들은 앞뜰에 대부분 잔디를 심고, 때로는 꽃을 심은 조그만 마당이 있어 보기 좋았다. 집을 처음 장만하면서 앞마당에 있는 잔디밭 가꾸는 일이 번거로워 일부를 화단으로 바꾸었다. 뒷마당에는 조그만 장미밭을 만들면서 정원 가꾸는 일을 하나씩 배웠다. 동네에서 조금 떨어진 곳에 일본계 미국 사람이 운영하는 화원에서 분재를 만들고 가꾸는 교육도 받았다.

지금 우리가 사는 집 앞마당에 우연히 얻은 개나리 줄기를 땅에 심어놓았는데 잘 자라고는 있다. 그런데 이곳은 사계절이 뚜렷하지 않아서인지 한국에서 보는 개나리처럼 활짝 핀 꽃을 제대로 보지는 못한다. 그러나 무궁화는 잘 자란다. 선인장 등 아열대 식물들도 잘 큰다. 나무처럼 다듬은 Bougainvillea는 붉은 꽃을 항시 뽐내고 있고, 집 오른편에 자라고 있는 소나무는 분재처럼 잘 다듬어주어서 아름답게 자라고 있다.

우리 집은 동네에서 제일 큰 뒷마당을 갖고 있다. 땅 자체에 집 두 채가 들어갈 수 있는 대지인데, 앞쪽에는 집 한 채만 있고, 집 한 채가 들어갈 수 있는 뒷마당은 땅이 아래로 약간 경사졌기에 마당 한가운데에 인공 연못과 물이 흐르는 개울을 만들었다. 연못 건너편에는 여섯 사람이 식사할 수 있는 Patio를 만들었고, 그 이외 땅에는 꽃밭과 채소밭 그리고 과일나무들이 있다.

꽃밭에는 매년 피어나는 백합, 달리아, 등이 있으며 연못 개울을 따라 심은 수국과 장미를 비롯한 작약 나무, 동백나무 등이 잘 자라고 있다.

과일나무는 복숭아, 뽕나무, 대추나무, 무화과, 감나무, 아보카도 나무 그리고 비파나무가 있다. 아보카도와 비파나무는 심은 지가 얼마 되지 않아 아직 열매를 맺지 않고 있다. 4월 중순에는 말레이시아 뽕나무라고 부르는 가지에서 솟아나는 연한 잎으로 밥을 만들어 먹기도 하고, 오디가 아주 크다. 오디를 먹다 보면 입술과 손이 빨갛게 물든다.

뒷마당에서 가장 오래된 30년 넘은 복숭아나무는 6월 중순부터 복숭아가 익기 시작하여 보통 7월 초가 지나면 과일 추수가 끝나나 올해는 조금 늦은 편이다. 7월 중순인데 몇 개 달린 무화과 열매는 잘 자란다. 대추나무 가지에 대추가 많이 달려 휘어져 있고 가을 햇볕에 붉은색을 머금고 있다. 뒤편에 심은 감나무는 올해 처음으로 10개의 열매를 탐스럽게 자랑한다.

밭에는 채소를 재배하고 있다. 매년 초봄에는 씨를 뿌리거나 모종을 한 상추 오이, 호박, 고추, 부추, 방풍나물, 케일, 머위, 미나리 감자, 돼지감자, 토마토, 가지 등이 채소 가게처럼 다양하며, 잘 자란다. 봄철부터는 텃밭에서 상추를 비롯하여 부추, 풋고추 등을 유기농 채소를 따서 밥상에서 즐기고, 6월부터는 오이, 토마토와 가지 등이 밥상에 오른다. 채소를 직접 따 먹는 재미 또한 일품이다. 도시 속에서 농촌 생활을 하는 기분이다.

뒷마당이 꽤 넓어서 이곳에서 보내는 시간도 적지 않다. 오래전에 한국마켓에서 산 호미로 여기저기에 쑥쑥 올라오는 잡풀을 뽑고 자라나는 채소를 돌보느라 일주일에 2~3일은 여기서 시간을 보낸다. 나는 이렇게 화단을 가꾸는 일에 커다란 보람을 느끼며 일한다.

해마다 1월에는 텃밭에 좋은 비료인 닭똥과 깻묵으로 덮어주었다가, 2월 말쯤 흙과 섞어주며 3월이면 채소 씨나 모종을 심는다. 텃밭에서 얼마나 시간을 보내느냐에 따라 잡풀은 적어지고, 채소에게 정성을 쏟고 다독거릴수록 더 잘 자란다.

이처럼 자연과 더불어 지낼수록 정신과 육체가 건강해지는 듯하다. 아침에 일어나면 뒷마당으로 나가 야채와 과일나무들과 이야기를 나누기도 한다. 뒷마당의 꽃밭과 텃밭을 가꾸면서 자연의 섭리 속에서 생활의 지혜를 배운다. 우리나라 속담에 "팥 심은 데 팥 나고 콩 심은 데 콩이 난다."라고 하듯이 씨를 뿌린 대로 거둔다. 땅은 정직하다. 딱딱한 흙 또한 잘 만져주면 텃밭이 부드러워지며 땅을 잘 가꾸면 좋은 열매를 맺는다.

꽃이 할 일은 어느 곳이든 뿌리를 내려 아름답게 꽃을 피우는 것이라면, 우리가 할 일은 발이 닿는 그곳에서 열심히 일하여 아름다운 열매를 맺는 것입니다.

자연은 조용합니다.

자연은 진실합니다.

자연은 숭고합니다.

이름 모를 풀꽃도 우리를 일깨우는 것을 보면, 세상에서 가장 귀한 우리는 더 많은 일을 할 수 있을 것입니다.

과일들은 일정한 기간 내에 익기 때문에 복숭아는 매년 친우들과 나누고 잼을 만들기도 하고, 대추와 돼지감자는 말려 차로도 끓여 마신다. 마당 한쪽에 매년 피어오르는 달리아꽃과 백합을 보며 그 옛날 어머니의 손길을 느껴본다.

금붕어 지키기

30여 년 전 지금 살고 있는 집을 살 때 일이다. 큰 나무 몇 그루 가 뒷마당 한가운데 자리 잡고 있어 보기에 불편했다. 나무를 치 워 달라고 부탁하고 이사를 오니 마당에 있던 나무들을 내면서 커다란 웅덩이가 생겼다.

집 한 채가 들어갈 만한 넓은 뒷마당을 꽃밭으로 정리하다가 그 웅덩이를 차라리 연못으로 만들면 주위 풍경이 색다르지 않을 까 하는 생각이 들었다.

연못을 만들기 위해 파헤쳐진 웅덩이를 더 깊이 파고 커다란 돌들을 밑에서부터 쌓아 올렸다. 연못 크기는 가로 1.4m 세로 4.5m, 깊이 1m 정도가 되었다. 뒷마당 낮은 언덕 위에 조그만 폭포를 만들고, 연못물을 모터를 이용하여 땅 밑으로 뽑아 10여m 가 떨어져 있는 폭포에서 물이 떨어지도록 했다. 폭포에서 물이 떨어져 'S'형으로 만든 개울을 따라 다시 연못으로 돌아오게 했다. 조용하던 뒷마당에 물 흐르는 소리가 낭만적으로 들리고, 주위에 심은 화초들과 조화를 이루어 보기에 좋았다.

친구한테서 얻은 금붕어 9마리를 연못에 넣으니 생기가 돌았다. 우리 집에 놀러 오는 사람들도 연못 옆에 만들어 놓은 긴 의자에 앉아 붕어들이 몰려다니는 모습을 즐기고 있었다. 그러나 연못을 즐기는 것도 잠시 여러 문제가 생겼다.

시간이 흐를수록 연못에 이끼와 녹조가 생기기 시작했다. 물이 항시 흐르면 물은 깨끗했지만, 전기세가 많이 나와서 하루에 2~3시간만 물을 회전시켰더니 결국 여러 달 후에 이끼와 녹조가 심해졌다. 과산화수소를 연못에 뿌려주니 다행히 녹조현상은 없어졌으나, 또 다른 문제가 발생했다.

어느 날 아침, 연못에 내려가 보니 금붕어 세 마리가 없어졌다. 연못을 만들 때 녹조를 방지하기 위해 연못 위에 지붕을 만들었고, 동물들이 연못에 접근하는 것을 막기 위해 지붕 기둥 밑에 그물을 둘러놓았다. 낮에 다람쥐가 가끔 찾아오긴 하지만, 다람쥐는 물 근처에 가지도 않는다.

아마도 너구리나 포섬(possum)의 짓 같았다. 앞모양이 쥐처럼 생긴 포섬은 크기가 토끼만 하다. 야행성 동물로 밤에 먹이를 찾아다닌다. 소 잃고 외양간 고치는 격으로 연못 기둥에 묶어 놓았던 그물을 다시 튼튼하게 감아 외부로부터 밤손님이 오지 못하게 만들었으나 며칠 뒤에 또 두 마리가 없어졌다.

금붕어를 준 친구의 조언대로 덫을 빌려 땅콩을 그 속에 넣고 연못 옆에 놓았다. 며칠 동안 덫 속에 있던 땅콩만 없어지더니,

놓아둔 덫에 너구리가 잡혔다. 크기가 커다란 고양이만 했다. 그 동안 이 녀석이 물고기를 먹었구나, 슬며시 화가 치밀어 올랐다.

덫에 잡힌 너구리를 어떻게 할까 고민하다가 집에서 멀리 떨어져 있는 공원에 버리기로 작정했다. 몇 달 전에 그림 그리던 공원이 생각이 나서 너구리가 들어 있는 덫을 검은 플라스틱 주머니에 넣고, 차에 싣고 집에서 40여 분 떨어져 있는 Machado공원 숲속에 풀어주었다.

덫에 잡힌 몇 마리의 너구리를 멀리 떨어진 공원으로 보내놓고 한동안 연못 주위가 잠잠했다. 그동안 그 너구리가 우리 집 연못의 물고기를 괴롭혔구나 여기고 있었는데 어느 날 포섬이 덫에 걸렸다. 우리 집은 도시에 있는데 어떻게 이런 동물이 이 동네까지 오는지 알 수가 없는 일이다. 지난 두 달 사이에 너구리 네 마리, 포섬 두 마리, 그리고 냄새를 피우는 스컹크도 한 마리 잡았다. 스컹크를 차에 싣는 도중에 냄새를 피워 차 안에 심한 냄새가 진동했고, 2주일어 동안 차 안에 스컹크 냄새가 났다.

덫에 걸리는 동물들을 멀리 갖다버리는 것도 큰일이었다. 할 수 없이 연못 주위에 전깃줄로 휘감아 동물들이 연못에 접근하는 것을 막아 놓았다.

비로소 마음이 놓인다. 아마 연못 속에 노니는 금붕어들도 안심할 것 같다.

작심삼일(作心三日)

새해를 맞이할 때, 또 생활에 어떠한 변화가 생겼을 때 새로운 계획이나 결심을 하게 된다. 즉 남자들은 건강을 위해서 금연이나 금주를, 여성들은 체중감소 등 계획을 세워 실행하려고 한다. 그런데 이런 결심이나 계획이 오랜 기간 지속하지 못하는 자신을 발견한다. 그래서 우리에게 작심삼일(作心三日)이라는 단어가 익숙하다.

심리학자들은 작심삼일이 되지 않게 하기 위해서는 두뇌의 가운데 있는 기저핵(Basal Ganglia)이 정상적인 활동을 해야 한다고 말한다. 기저핵은 인간의 마음에 적절한 긴장을 유지하고, 조절하는 기능이 있다. 또한 몸의 운동 조정 기능이 있어 몸의 움직임을 원활하게 도와준다. 한편으로는 기저핵은 반복적 업무 수행이나 운동에 관련된 일을 한다.

신경과학자인 George J. Augustine*는 큰 결심이나 소망에도 불구하고 담배를 계속 피우거나 음주를 지속하는 사람은 이 기저핵에 문제가 있다고 설명한다. 뇌에 기저핵이 움직이기 시작하면서

(반복되는 자동차를 움직이는) 행위와 관련된 습관을 머릿속에서 찾게 된다. 이 때문에 기저핵은 습관적인 행동과 감정, 인식에 중요한 역할을 한다.

조지타운대학의 심리학자인 제레나 케크마노믹(Jelena Kecma-novic)은 우리가 새로운 계획이나 마음의 결심을 성취할 수 있는 몇 가지 전략을 제시했다.

첫 번째로 성취 가능한 목표를 설정하라고 권한다. 사람이 가치있는 일을 수행할 때 그 일의 가치를 인지하기 때문에 행복감을 느끼게 되며 이러한 심리상태가 그 일을 계속할 수 있는 의지력을 충전시켜준다고 설명한다.

한 예로 회사에 근무하고 있는 직원이 금연한 이야기를 들었다. "금연을 결정한 첫날은 흥분하면서 하루를 지냈다. 다음날은, 어제도 안 피웠으니 오늘 하루 더 해보자며 힘든 하루를 보냈다. 셋째날은, 이틀 참았는데 하루 더 견디어 보자며 그날도 참았다. 그 후로는 금연하기가 쉬웠다. 그리고 며칠 후, 전부터 주말이면 친우들과하던 포커 게임을 하면서 담배를 피우지 않았고 그 후로는 5년이 지난 지금도 금연을 하고 있다."

다음으로 주위 환경을 목표에 맞게 조성하는 것을 권장한다. 예를 들어, 체중을 줄이려는 사람이 책상이나 식탁 위의 간식을 위한 접시를 치우는 것과 같은 행위다. 그리고 주위에 같은 목표를 지닌 사람이 한두 사람이 있다면 서로 격려하고 경험과 충고를 교환하면서 서로 큰 도움을 줄 수 있다고 조언한다.

끝으로 아무리 훌륭한 목표를 설정했다고 하더라도 성취 과정에서 어려움이 항상 뒤따르게 된다. 결심이 성공에 도달하기 위해서는 초심을 잃지 말아야 한다. 그러기 위해서는 자신을 보살펴보고, 자신을 격려해야 한다고 말한다.

중국말에 '초심불망(初心不忘) 마부작침(摩斧作針)'이란 말이 있다. 즉 "초심을 잃지 않고, 대못을 갈아 바늘을 만든다."라는 뜻이다.

한동네에 사는 이백(이태백)이 글공부를 하기 싫어 방황하고 다니는 것을 이웃집 할머니가 보았다. 어느 날 할머니가 커다란 대못을 돌에다가 쓱쓱 갈고 있었다. 이를 이상하게 여긴 이백이 물었다.

"할머니, 무엇하시려고 돌에다가 대못을 갈고 계십니까?"

"바늘을 만들어 보련다."

"어느 세월에 그렇게 큰 대못을 갈아서 바늘을 만들어요?"

"하다가 중간에 쉬지 않으면, 언젠가는 바늘을 만들 수 있겠지!"

할머니의 말에 이태백은 '쉬지 않고'라는 말에 충격을 받아 공부를 계속하여 당대 뛰어난 문장가가 되었다는 일화가 있다.

새로운 결심이나 계획을 달성하기 위해서는 성취 가능한 목표를 설정하라. 그 목표를 달성하면서 그 일을 달성하고 있다는 정신적 쾌감과 그 목표를 계속할 수 있는 의지력을 얻게 된다.

다음으로 주위 환경을 목표에 맞게 바꾸면서 새로운 마음의 변화를 얻게 되며 비슷한 환경에 있는 주위 사람들과 교류하면 서로 큰 도움을 줄 수 있다고 조언한다.

끝으로 새로운 결심이 성공에 도달하기 위해서는 초심을 잃지 말아야 한다. 이러한 행동을 하면서 기저핵에 긍정적인 변화를 일으켜 새로운 결심이나 계획을 이룰 수 있다고 심리학자들은 설명한다.

우리에게 새로운 목표를 설정하고 그 일을 이룩하기 위한 마음의 결정과 목표를 위한 행위를 계속한다는 것은 쉽지 않다. 물론 초심의 연속은 그 목표에 달성하는 길임은 잘 알려진 사실이다. 그러기 위해서는 자신을 보살펴보고, 나 자신을 스스로 격려하는 마음 또한 중요하다.

새로운 목표를 설정하여 시행하자. 지금도 늦지 않았다.

*Augustine GJ, Fitzpatrick D, Hall WC, Lamantia AS, McNamara JO, White LE. Neuroscience. 4th ed.

Hey what's up my friend?

2001년, 성당 친구 몇 명과 마라톤 동우회를 만들었다. 매주 토요일 아침 6시에 모여 바다 근처 공원에 모여 바닷가를 뛰고 있다.

이 모임이 만들어지기 전에는 나 홀로 20여 년간 주말마다 Hermosa Beach 모래사장이 길게 뻗어 있는 바닷가 옆길을 뛰었다.

그때 호모사 비치 부두 근처에서 노숙하는 사람을 가끔 만나고는 했다. 손 인사를 하기에 받아 주고는 했더니, 얼마 후에는 손인사뿐만 아니라, "Hey what's up my friend(어떻게 지내니)?"라는 인사를 들을 만큼 가까워졌다.

가까운 친우끼리 만나면 이러한 인사를 하며 깊은 내용이 없는 이런저런 두서없는 이야기 혹은 세상 돌아가는 이야기를 하며 웃고 떠든다. 오늘따라 불현듯 여러 생각이 떠오른다.

2018년 2월 1자 조선일보에 남북한 스키 선수들이 한 팀이 되어 평창동계올림픽을 위해 함께 연습하며 "우리는 하나라고 외쳤다."라는 기사가 생각난다. 물론 우리는 같은 언어와 역사 배경을 가진 한민족이다. 정치적인 이데올로기가 서로 다르기에 한반도가 남한 그리고 북한으로 분리되었다. 이번 평창동계올림픽에 남북한 선수들이 한반도기를 들고 입장한다고 한다. 이는 2000년 호주 시드니 올림픽에서 남북한 선수들이 한반도기를 만들어 함께 들고 입장한 후 두 번째의 일이다.*

이는 물론 바람직한 일로 생각한다. 그런데 이번 올림픽에서 남한이나 북한 팀이 메달을 따면 한반도기가 아닌 각자 자기 나라의 기를 게양한다고 하는데 아쉬움이 크다. 언제인가는 한 나라가 되는 날이 오겠지.

올해도 남가주에는 비가 아주 적게 내렸다. 그 때문에 주정부에서는 물을 아끼는 방법을 모색해서 주정부 의회에 상정한다고 한다. 그렇게 되면 올여름에는 잔디에 물을 줄 수 없고 또한 집에서 자동차도 닦을 수 없을 것이다.

지난 수요일(2월 14일)에는 Florida Parkland에 있는 Marjory Stoneman Douglas 고등학교에서 17명의 목숨을 빼앗아간 총기 사건이 일어났다. 어떻게 고등학교에서 이처럼 참담한 총기 사건이 일어날 수 있는가? 이러한 사건이 일어날 때마다 많은 사람이 총기 단속하자고 데모하고 의회에 상정도 하지만, 워낙 Gun Lobbyist가 강해서 별로 효과를 보지 못하고 있다. 이번에는 대서양에서부터 태평양에 이르는 전 미국의 고등학생들이 총기 규제 데모를 하고 있어 그 귀추가 주목된다.

앞뒤 없이 이 생각 저 생각을 하면서 뛰다 보니 출발점에 가까워졌다. 7.2마일을 뛰었고 시계를 보니 거의 2시간이 걸렸다.

이제 마지막 골목길에 접어들었다. 도착지점에 동우회 모임에서 준비한 아침으로 먹을 바나나, 군고구마, 달걀 그리고 뜨거운 커피 생각이 많이 난다.

* 남북은 당시 김대중 대통령의 평양 방문에 이은 6·15 공동선언으로 어느 때보다 관계가 좋았고, 이런 흐름을 감지한 고 김운용 IOC 부위원장은 일찍이 안토니오 사마란치 당시 아이오시 위원장에게 협력을 요청하면서 구체화했다.

죽을 고생

살아온 이야기를 하는 중에 '죽을 고생'을 했다는 말을 가끔 듣는다. 특히 미국 교민들은 '일하느라고 죽을 고생했다.'라는 말을 한다.

고된 이민자로서 삶을 영위하려면 열심히 일해야 하지만, "There is no free lunch.(공짜로 주는 점심 없다)"*라는 말처럼 고국이 아닌 외국에서의 삶이 녹록하지만은 않았을 것이다.

1970년 초 이전에 이곳에 온 유학생들은 학교 내에서나 여름방학에는 외부에서도 일할 수 있었다. 유학생들은 한국에서 일해 본 경험이나 기술이 없어서 식당이나 단순 노동을 필요로 하는 공장문을 두드리며 일을 찾아다녔다.

미 중부 시카고 지역에는 중소기업들이 많아 유학생들이 대부분 공장에서 쉽게 일을 구할 수 있었다. 서부 LA 주변에도 공장들이 산재해 있어 공장에서 일하거나, 밤에 사무실 빌딩을 청소하는 일이 대부분이었다.

그 당시 LA에는 이곳에 취업으로 온 간호원을 제외하고는 대부분의 유학생 부인들은 직장을 제대로 얻을 수가 없어, 옷 만드는 공장에서 일하면서 공부하는 남편을 재정적으로 도와주었다. 힘들게 생활하면서도 찬물, 뜨거운 물이 나오고, 부엌에 연탄을 갈지 않아서 좋다는 우스갯말로 자신을 위로했다는 말을 듣기도 했다. 샌프란시스코 지역은 관광도시여서 자연스럽게 식당에서 일하던 학생들이 많았다. Utah 지역의 유학생들은 그 지역에 일할 만한 곳이 없어 Las Vegas 카지노 식당에서 일을 했다.

여름방학이 끝나고 학교에 돌아와 "나 이번에 과장이 되었어." 또는 "아직 나는 일반사원이야."라며 농담을 했다, 즉 웨이터로 일하면 과장이고, 식당 내에서 그릇 닦고 잔심부름하면 사원이다.

학생들 간에 이러한 농담이 있었다. 인종차별이 있던 남부에서 한 동양 학생이 일할 곳을 찾아다녔다. 한 식당에 들러 일을 하겠다고 했더니 "백인이면 웨이터로, 흑인이면 그릇을 닦는 일을 줄 터인데 동양인이니 너한테 줄 일이 없네."라는 말을 들었다.

시카고 지역에는 중소 공장들이 많아 유학생들이 일 찾기가 다른 도시보다는 수월했다. 여름방학이 되면 학교를 떠나 큰 도시로 일하러 나갔다. 유학생들이 할 수 있는 일은 단순 노동이어서 필요하면 즉시 채용하기에 아침 7시경이면 공장 지역에 도착하여 공장마다 문을 두드리며 일을 찾아다녔다.

대부분 공장에서 필요한 직종을 회사 앞 게시판에 붙여 놓는다. 청소나 물건을 나르거나 혹은 같은 일을 반복하는 일을 하겠다고 신청하면 때로는 회사에서 직업 신청용지를 쓰라고 한다.

그러나 '직업신청 용지 경험란'에 공장에서 요구하는 일을 해본 경험이 없기에 이 해결 방법을 위해 한국에 존재하지 않는 회사를 우리스스로 만들어서 그곳에서 요구하는 직종에서 일했다고 직업신청 용지에 거짓 기재도 했다.

　때로는 단순한 기계지만, 어떻게 작동하는지를 모를 때가 있다. 이때 우리는 "전에 일하던 기계하고, 이 기계가 좀 다르다."라고 변명을 했다. 착한 그들은 우리가 하는 말을 그대로 믿고 기계사용법을 잘 설명해 주었다. 눈썰미가 빠른 우리는 곧 일을 배워 여름방학 동안 취업을 하였다. 이처럼 일 찾는 방법은 먼저 온 선배들로부터 배웠다.

　여름방학에 시카고 외곽에서 실크 스크린을 하는 회사에서 옷감이나, T-셔츠에 무늬를 손으로 프린트하는 일을, 그다음 여름방학에는 자동차 부속품을 만드는 공장에서 잡일을 했다. 공장에서 일을 찾을 때 학생이라고 하면 방학 때만 일을 하고 그만둘까 하는 회사 측의 우려 때문에 학생이라는 말은 하지 않았다.

　여름방학 동안 일을 하다가 공장 매니저에게 학교 개학에 맞추어 일을 그만둔다고 말했더니, 학생임을 알고 있었다면서 다음 방학에 다시 오라고 했다. 자동차 부속품을 만드는 회사에서 한여름 방학 동안만 일했는데, 연말에 회사 이익금에서 일부를 직원들에게 나누어 주는 Profit Sharing 때문에 생긴 금액이라고 수표를 보내온 회사도 있었다.

　육체노동을 해보지 않다가 공장에서 일하니 몸에 변화가 왔다. 앞

가슴 근육이 커지고, 팔 둘레, 목 근처, 어깨에도 근육이 생겼다. 팔목에도 근육이 생겨 잘 맞던 손목 단추가 힘들게 끼워졌다. 여름방학일을 끝내고 버스 타고 학교로 되돌아가면서 혼자 중얼거렸다. "이 나라 좋은 나라다. 공부 열심히 하라고 여름에는 이처럼 근육운동도 하고. 건강도 해지니."

우리는 살면서 힘든 일도 하고 고생도 한다. 그러나 고생하면서 하는 일이 나의 내일을 위해서 하는 것이라면, 그 일이 힘들더라도 고생이 아니라고 생각한다. 단지 목표를 달성하기 위한 방법일 뿐. 그러나 하기 싫은 일을 먹고 살기 위해 평생 해야 한다면 그것은 죽을 고생일지도!

* 이 금언은 1976년 경제학으로 노벨상을 탄 Milton Freidman이 이야기한 "No Such Thing as a Free Lunch"에서 기원한다.

남 따라 장에 갑니다

추수감사절 다음날인 금요일을 Black Friday라고 부른다.

'블랙 프라이데이'라는 말의 시작은 1985년 필라델피아에 있는 어느 신문 기사에서 추수감사절 다음날 연휴인 금요일에 인파와 자동차로 길 거리가 복잡한 상황을 '블랙 프라이데이'라고 표현하면서 시작되었다고 한다.

언제부터인지 추수감사절 다음날을 상업 선전용으로 '블랙 프라이데이'라 부르고 상품을 특별 세일하기 시작했나. 'black'은 이날 연중 처음으로 회계 장부에 커다란 흑자(black ink)를 기록하는 날이라는 데에서 유래되었다는 이야기도 전해진다. 일반적으로 가게들의 영업 성적이 1월부터 11월까지는 현상 유지에 바쁜 데 반해, 추수감사절 이후 크리스마스까지 계속 흑자수익이 발생한다.

이날은 미국에서 연중 가장 큰 규모의 쇼핑이 행해지는 날이다. 소매업체의 경우 일 년 매출의 70%가 이날 이루어진다고 한다. 쇼핑 센터 내에 있는 상점들은 물론 월마트, JCPenney, Best Buy, 타

겟, Lowe's 등 대형상점에서도 상품가격을 50% 이하로 판매를 한다. TV 가격을 75% 인하하는 경우도 있다. 통계에 따르면 2016년 블랙 프라이데이에는 고객 1인당 900불 이상을 지출했다고 한다. 지금은 블랙 프라이데이에 인터넷 판매도 점점 늘어나고 있다.

그다음 날, 월요일 LA Times에 그날의 판매는 예측보다 많은 매출을 올렸다는 내용과 함께 Bandwagon(편승) 효과 때문에 과수요가 일어났다는 기사가 있었다. 편승효과란 자기 의지보다 남을 쫓아서, 남이 하니까 나도 한다는 심리적 현상이라고 볼 수 있다. 즉 "친구 따라 강남에 가듯이 남 따라 장에 간다."라는 뜻이다. 이 언어는 영화산업이 발달하기 전 서커스가 성행일 때 생긴 말이다.

서커스를 선전하기 위해 커다란 자동차 위에 광대와 동물들을 태우고 악기를 불면서 동네를 돌아다녔다. 아이들은 그냥 좋아서 자동차를 쫓아다니고는 했다. 미국에서 1848년 당시 서커스 광대로 유명했던 Dan Rice가 정치유세에 서커스 선전과 같은 방법을 사용해서 선거에 큰 영향을 주었다. 이때부터 이 언어가 자주 사용되었으며 '시대의 유행을 쫓는 심리'도 이 범주에 속한다.

한국 떠난 지 23년 만에 대전시 대덕에 있는 항공우주연구소의 초청으로 서울에 갔다. 도착한 날 서울 소공동에 있는 롯데호텔에 숙소를 정하고 저녁 시간에 호텔 지하상가에 내려갔다가 깜짝 놀랐다. 젊은 여자들이 일본의 기녀인 게이샤처럼 얼굴은 하얗게 화장하고, 검은색 옷을 입고 걸어오는 모습이 마치 검은 마네킹들이 떼 지어 걸어 다니는 모습이었다. 그 당시 검은색 옷과 얼굴을 하얗게 화장하는 것이 유행이었다고 들었다.

어느 나라나 젊은이들이 유행에 관심이 많다. 한국도 마찬가지로 젊은이들의 의상을 살펴보면, 무엇이 유행인지 금방 알아차릴 수 있다. 우리가 고등학교 다닐 때 통바지, 나팔바지가 유행이었듯이, 어느 해엔 흰색이 또 검은색이 유행이었고, 어떨 때는 등산복을 평상복처럼 입고 다니는 것이 유행이었다.

그러나 이해하기 힘들었던 유행의 흐름은 1997년 탈옥수 신창원이 검거됐을 당시 입었던 화려한 쫄티가 항간의 화제가 되었다. 그리고 문민정부 시절인 1995~1997년 무기 구매에 영향력을 행사한 로비스트 린다 김이 군 관계자에게 뇌물을 건넨 혐의로 2000년 재판에 넘겨졌을 때 썼던 선글라스가 젊은이들의 관심을 받았다. 심지어 미국 LA에까지 그 선글라스 주문이 넘쳐났다고 한다.

지난겨울에는 보통 4~50만 원을 호가하는 검은색의 패딩점퍼가 크게 유행했는데, TV에서 이 옷을 입고 건널목을 지나는 사람들의 모습이 마치 검은 나무들이 움직이는 것 같았다.

미국의 패션 잡지는 유행하는 옷과 장식품들로 지면을 채운다. 그러나 거리에서는 유행 따라 옷을 입거나, 치장한 사람들을 거의 볼 수가 없다. 그런데 왜 한국 사람들은 다른 국가 국민보다도 유행에 민감할까.

단일 민족의 정서는 잔잔한 호수에 돌을 던지면 호수 전체에 물결 파문이 퍼지는 것과 같은 '파장성격'이 있다고 한다. 그러나 그 파장은 길지가 않다. 다른 돌이 호수에 던져지면 또 다른 파장이 호수 전체에 일어난다.

한국에는 중·고등학교 학생들은 물론 초등학교 학생들까지도 영어와 수학 학원에 다니고, 악기 공부하고 또는 태권도 도장에 다니기에 학생은 물론 이를 돌보는 부모 역시 무척이나 바쁜 생활을 한다. 부모님은 "남들이 학원에 다니는데 우리 아이들을 학원에 보내지 않고 집에만 있으면 다른 학생에게 뒤처진다."라면서 학원에 보내지 않을 수가 없다고 한다. 그런데 자기 아이를 학원에 보내고 싶은데 제삼자의 말을 빌려 자신의 의도를 숨기려는 심리일까, 아니면 Bandwagon 효과일까.

미국 사람들은 유행에는 별로 민감하지는 않으나 앞서 Black Friday에서 이야기했듯이 편승효과에는 예외가 아닌 것 같다. 중국에서 발생한 코로나19 여파는 지난 3월 초에 LA에도 660명의 확진자가 나왔고 11명이 사망했다. 이 소식이 매스컴에 보도된 이후 마켓이나 Costco엔 휴지와 물을 사재기하려는 이들로 순식간에 동이 났다. 한국 마켓에도 쌀이 다 팔렸다.

이런 모습을 보면서 마음이 허전함을 느꼈다. 남 따라 하는 행위가 아니라 나 자신을 알고 내 소신껏 살아야겠다. 나 혼자만이 아닌 사회 일원으로서.

A Life Story··· Lasting Tribute

출퇴근 길가에 공동묘지가 있다. 그 길을 아침, 저녁으로 지나면서도 아무런 관심 없이 지나다니고는 했다. 그런데 오늘따라 그 묘지들이 내 눈에 새롭게 보인다. 아미도 5월 마지막 월요일이 Memorial Day이었기에 묘지마다 앞에 놓인 성조기와 꽃들이 내 시선을 끌었나 보다.

누구도 죽음을 피할 수 없고, 궁극적으로 아파서 죽는다는 것은 분명한 사실이다. 일마 전 우연히 들은 불교방송에서 스님이 말한 내용을 마음속 깊이 담고 있다.

"어떤 사람이 건강하게 생활하고 사회활동도 열심히 하고 있었다. 어느 날 정기 신체검사를 받으러 병원에 다녀왔다. 며칠 후 의사로부터 '암'을 갖고 있다는 사실을 통보받았다. 그 사람은 그 말을 듣자마자, 음식을 제대로 먹지 못하고, 하던 활동을 모두 접고, 신음과 고통 속에서 생활하고 있었다."

스님의 이야기는 이어진다.

"그 사람은 암을 갖고 있으면서도 그 사실을 몰랐을 때에는 정상적인 생활을 영위하고 있었다. 그러나 암을 갖고 있다는 사실을 인지한 마음은 그 사람의 생활에 커다란 변화를 준 것이다. 여기서 문제가 되는 것은 신체의 변화가 아니라 마음의 변화다."라며 다음 말로 끝을 맺었다.

"때문에 암 치료를 받을 땐, 종전과 다름없이 편안한 마음으로 생활하고 활동을 해야 한다."라는 이야기였다. 아마도 이러한 마음의 비움이 '해탈'에 비유되지 않나 생각된다.

얼마 전 녹내장 검사를 하다가 오른쪽 눈동자 내에 조그만 붉은 점이 있으니 목 주위를 초음파 검사를 받는 것이 좋겠다는 안과 의사의 권고가 있었다. 초음파 검사를 마친 후 약 1주일 후에 주치의가 연락할 것이라는 담당자 말을 듣고 검사실을 나왔다. 그런데 초음파 검사를 받은 지 1주일 후가 아닌 이틀 후에 주치의 사무실에서 "내일 의사와 약속이 있으니 잊지 말라."는 연락이 왔다. 이후 마음은 불안해지기 시작했다.

"왜 일주일이 아니라 이틀 후일까? 혹시 검사 결과가 좋지 않아 빨리 오라는 것일까?" 이러한 생각하면서 손은 나도 모르게 자꾸 턱밑 그리고 목 뒤쪽으로 가고 있었다. 불안하고 초조한 마음에 나도 모르게 거울을 보며 목 주위를 자주 주무르는 나 자신을 발견하고는 마음이 씁쓸했다.

다음날 주치의 사무실에 가니 오늘이 정기 검사일이라 통보했다고 한다. 그 말을 들으니 마음이 놓였다. 더욱이 초음파 검사 결과는 좋다는 간호사의 말을 듣고 안심하면서 나도 모르게 입가에 웃음이 번졌다.

내가 아닌 제삼자의 이야기를 듣고 생각하는 것과 그 사건이 실지로 나에게 닥쳤을 때 느끼는 감정이 이렇게 다를 줄을 미처 몰랐다. 초음파 검사를 받은 후 병원 사무실에서 온 전화를 받고 혼자서 상상하며 불안해하고 초조해하던 나 자신을 보고 스님의 말씀을 되새겨 보았다.

"언젠가 아픔이 다가왔을 때 하고 있던 생활과 활동을 계속하기 위해서는 지금부터 항시 마음의 준비를 단단히 해야겠지."라고 생각을 하면서.

오늘따라 퇴근길 묘지 옆에 세워진 간판 글자가 유난히 커 보인다.

"A Life Story… Lasting tribute."

삶의 이야기… 마지막 헌사.

지란지교

Redondo Beach 푸른 바다 물결에
내 마음 실려 멀리 보내고
모래밭에 모여 날개 짓는 바닷새에
가을 소식 전해 듣는다,

곱게 물든 붉고 노란 단풍 잎새에
지나간 이야기 엮어
활짝 펼쳐져 핀 코스모스 따라 나부끼는
고추잠자리에 내 마음 보내련다

너무나 파란 가을하늘이
좁은 가슴에 가득히 스며들 때
나도 모르게 눈물 흐르고,
멀리 한국에 떨어져 있는 지란지교*의 벗이 그리워

그리움 속에서 커피잔 기울여본다.

나에게 가장 가까운 두 친구는 한국에 있다. 어릴 때 함께 자란 친구들이다.

인천시 경동 '옛날 여자 한증막 동네'에서 1940년에 태어난 세 친구는 한 동네에서 한 집 건너 건너에 살고 있었다. 중학교와 고등학교를 함께 다녔고, 또 한 친구는 같은 대학을 다녔다. 대학교 2학년 때 성당에서 영세와 견진 성사를 받았다. 이 친구들이 나의 영세 대부와 견진 대부가 되어 주었다. 대학을 졸업하고 각기 직장과 생활 반경이 달라 자주 만나지 못했다.

미국으로 유학 갈 때 헤어진 후 20여 년간 서로 떨어져 살면서 이따금 연락은 했으나 만남은 없었다. 이혼의 아픔 속에서 힘든 생활을 하고 있을 때 불현듯 두 대부님의 모습이 자꾸 나에게 밀려오고 있었다.

어느 날 비용측정세미나에 초청을 받아 한국을 떠난 지 25년 만에 친구이자 성당 대부인 그들을 만났다. 두 대부를 만나서 들은 이야기이다.

"네가 한국을 떠난 날부터 지금까지 매일 기도를 바칠 때 네 이름을 항시 기억했다."

'내가 많이 힘들어했을 때' 대부님의 끊임없던 기도가 내 마음에 그들의 모습으로 자주 떠올랐나 보다. 몇 년 전에는 두 친구이자 대부인 그들의 부부가 한국에서 스페인과 포르투갈로 단체여행을 간다기에 스페인, 마드리드에서 만나 함께 여행을 즐겼다. 이제는 자주 연락하고 있다. 대부의 감사한 기도의 마음. 지금도 내 마음속 깊이 남아 있다.

I believe that true friendship continues to grow,
even over the longest distance.
The same goes for true love.

* 지란지교(芝蘭之交): 난초 같은 향기로운 사귐이라는 뜻으로 벗 사이의 맑
  고도 높은 사귐을 이르는 말.

삼식이의 변

몇 년 전 친우들과 점심을 먹는데 한 친우가 "오늘은 삼식이를 면했네."라고 말했다. 그 뜻을 물으니 집에서 놀면서 아내가 해주는 세끼를 받아먹는 사람이라고 한다.

농담 중에는 그 시대의 사회상을 반영하여 만들어진 경우가 적지 않다. 그중 하나가 '삼식이'라는 말이다. 은퇴한 남편이 집에만 있기에, 아내가 하루에 세 번이나 밥상을 차려야 한다는 의미로 남편을 비하하는 표현이다. 이러한 농담 아닌 농담은 미국문화보다는 한국문화가 더 만연한 미국 속의 한국이라는 LA 한인 커뮤니티에서 가끔 듣는다.

1960~1970년대에 젊은이들은 회사에서 늦은 시간까지 일을 많이 했다. 이는 훗날 한국 경제발전에 큰 도움을 주었다. 회사업무가 늦게 끝난 뒤에도 자의 반 타의 반으로 직원들과 함께 삼삼오오 모여 술잔을 기울이다 늦게 귀가했다.

아침 일찍 출근한 남편은 밤늦게 들어오는 것이 다반사요, 아내는 집안의 모든 일을 혼자서 도맡아 하였다. 부부가 함께 얼굴을 맞대는 시간은 아침 식사 때뿐이었다. 그러다 보니 안방 주인은 자연스럽게 아내가 되는 것이다. 하지만 남편이 은퇴하면서 상황은 달라진다.

한동안 떨어져 있던 남편은 은퇴 후 아내와 함께 시간을 보내려하고, 집안일에 파묻혀 사는 아내를 도와줘야겠다는 기특한 생각까지 하게 된다. 아내와 시장도, 백화점에도 같이 가며 많은 시간을 함께 보내던 어느 날 아내로부터 불호령이 떨어졌다.

"귀찮게 왜 같이 붙어 다니냐? 이제는 좀 떨어져 살자!"

남편이 3, 40년 동안 집에 늦게 들어왔기에 아내는 집에서 혼자 생활하는 것이 지극히 자연스러워진 것이다. 이토록 긴 세월 동안 그녀만의 공간이었던 안방은 자연스레 그녀의 차지가 되었는데, 어느 하루 아침에 보이지 않던 사람이 나타나 앉아 있으니 마음이 불편할 만도 할 것이다. 또한 모든 생활을 혼자 잘 해왔는데, 갑자기 옆에 누가 있으니 방해되는 기분이었고, 생활이 부자연스러웠다. 물론 이러한 이야기는 나이 든 세대에 해당될 것이다.

미국에는 은퇴한 남편을 비하하는 농담은 없다. 물론 이곳에서 일하는 교민 남편들은 한국에서처럼 회사 동료들과 어울려 집에 늦게 들어오는 경우는 거의 없다.

같이 근무하는 사무실에서 내가 '삼식이 이야기'를 했더니 한 여자 직원이 "글쎄요. 그 이야기는 이해가 잘되지 않네요. 물론 나도 일하고 있지만, 내 남편이 젊음을 다 바쳐 가족을 위해 일했고, 이제는 은퇴해서 집에 있다면 잘 지내고. 함께 시간도 보내야죠."라고 하면서 2년 후에는 은퇴할 계획이라면서 계속 이야기를 이어간다. "더욱이 나이가 들어서는 서로의 마음을 열어야 해요, 나이가 들면 서로의 행동반경이 좁아지니 마주칠 때가 많으니까요."

그녀의 이야기를 들으면서 가슴속에 묵직하게 자리 잡았던 '삼식이'에 대한 응어리가 사라지는 게 아닌가. 참 감사하고 좋은 이야기라 마음속에 새겨 두었다.

과거와는 달리 요즘 한국은 여성 파워가 조금 이상한 방향으로 흐른다는 느낌이다. 남편을 배우자 또는 동반자(Partner)보다는 '언제나 돈을 벌어 오는 사람'으로만 생각하고 있는 것은 아닌지?

전에는 생각하지도 못한 '삼식이'라는 농담도 그렇지만, 식당에 가면 손님들은 여자들이 대부분이다. 미국에는 한국과 달리, 남자 따로 여자 따로 만나는 모임은 거의 없다. 간혹, 외국 여행 중에 한국에서 단체로 온 여행자를 보면 남자보다는 여자들이 많고 미국 관광객보다 나이가 젊은 것이 특색이다.

한국에서 이러한 현상이 일어나고 있는 이유는 어디에 있을까? 나만을 위하는, 나만을 생각하는 마음에서 기인하는 건 아닐까 하는 생각을 해보았다. 내가 존재한다는 것은 남이 존재하기에 있을 수 있는 일이다. 이 세상에 나 혼자만 있다면 '나'라는 명사는 존재할 필요가 없다. 남이 있으니까 내가 존재하는 것이다.

미국에서는 40~50대 사람들은 일하기에 바쁘고, 더욱이 여자만 해외여행을 가는 경우는 거의 없다. 미국 사람들은 젊어서 일을 하면서 돈을 모아 은퇴를 준비하며, 은퇴 후에 부부가 함께 해외여행을 즐긴다.

그런데 미국에서도 한인 타운에서 떠나는 해외여행에 혼자 오는 여자들도 적지 않다. 아마도 양 국가의 생활 풍습이 다르고, 미국에 있는 한인사회에는 미국문화보다는 한국문화가 더 쉽게 들어오는 때문일까?

은퇴하고 달라진 내 모습이다. 물론 아내가 세 끼를 준비해 주지만, 가끔 아침은 외식을 하기도 한다. 집에서 아침 식사를 하는 경우 커피 내리는 것과 설거지는 내 몫이다.

맥 다방 이야기

McDonald 식당은 지역마다 교통이 편리하고, 만나기 좋은 장소에 자리하고 있다. 커피의 훌륭한 맛, 비싸지 않은 음식값으로 사람들이 모여 이야기 나누기 좋은 장소가 되어버렸다.

맥도날드 식당은 McDonald 형제가 1940년 LA에서 동쪽으로 약 60마일 떨어져 있는 San Bernardino에서 시작했다. 2021년 통계에 따르면 미국 내에는 13,683개, 세계적으로는 120개국에 37,000의 지점이 있다.

맥도날드 식당의 커피 맛을 많은 사람이 좋아하며, 맥 카페라고도 부른다. 커피 가격은 1955년도에 55세 넘는 사람에게 55센트에 판매하였으나, 지금은 McDonald마다 가격에 차이가 있으나 1불 전후다. 특히 은퇴한 한인들이 많이 모이며 '맥 다방'이라고 부른다.

얼마 전, 뉴욕 어느 맥도날드에서 있었던 일이다. 한인이 여럿이 모여 옛날 한국의 다방에서처럼, 커피 한 잔을 시켜 놓고 오랜 시간을 앉아 있었다. 그래서 영업에 불편을 주었다면서 업체 측과 문제가 발생하였고 이곳 한인 신문에 기사가 났다. LA 한인타운과 주변 지역에서도 은퇴한 교민들이 맥도날드에 모여 대화를 나누고 있는 장면을 자주 본다.

우리 각자가 생김과 성격이 다르듯이 만나 이야기하는 내용도 다를 수 있다. 그러나 여럿이 함께 나누는 대화 중에 우리가 피하면 좋을 이야기들이 있다. 즉 과거 이야기, 자식이나 손자 이야기, 남이야기, 한국 정치 이야기, 아픈 이야기 등은 되도록이면 피하는 것이 좋지 않나 생각한다. 이러한 이야기들은 우리 생활의 일부이기에 서로 나눌 수 있으나, 이러한 이야기가 대화의 전체를 차지하면 상대방에게 마음의 부담을 주기 쉽다.

본인의 과거를 말할 때, 함께 있는 사람들도 같은 과거를 갖고 있다면 서로가 지난 일들이나 감정을 나누며 대화의 분위기를 함께 공유할 수 있다. 그렇지 않다면, 상대방이 불편을 느낄 수가 있지 않을까.

또 다른 경우는 자기만의 이야기를 장황하게 늘어놓다가 자기가 아닌 남의 말을 하는 사람을 본다. 이는 다른 사람의 이야기를 하면서 대리만족하고 싶은 마음일지도 모른다.

이제 우리가 할아버지가 되니 대화에서 자식이나 특히 손자 자랑(?)을 하면서 열 올리는 사람이 있다. 그 사람의 자식과 나와 또는 내 자식과 무슨 상관이 있기에 그리고 그 사람의 손자 이야기를 장황하게 하는 이유는? 지나친 가족 이야기는 사적인 생활이다.

우리와 생활 문명이 다른 미국 할아버지나 할머니는 한국 가정처럼 손자들을 돌보아주는 가정은 거의 없다. 미국 노인들은 손자들을 Adult toy(어른이 장난감)이라고 농하기도 한다. 손자들과 잘 놀다가, 아이들이 울거나 힘이 들면 부모에게 돌려주기 때문이다.

잘 알려져 있듯이 백인들은 'Privacy'라 하여 개인적인 또는 가족 이야기는 하지 않는다. 아주 가까운 사이라면 몰라도. 특히 나이, 직업, 결혼 여부 등을 물어보지 않는다. 때로는 여행에서 찍은 가족사진은 보여주지만, 그들이 무엇을 하는지, 그들의 학교생활은 어떠한지 등 사적인 이야기는 하지 않는다. 단지 함께 다녀온 여행 이야기만 한다.

같은 사무실에서 15년 동안 함께 일한 동료의 아들이 Harvard 대학에서 공부했고, 더욱이 그 학교에서 박사학위 받은 사실도 알지 못했다. 그 동료가 휴가를 다녀왔기에 어디에 갔다 왔냐고 물으니 아들 졸업식에 다녀온 얘기를 하여서 비로소 그러한 사실을 알았다.

근래에 이곳 동포들은 열을 올리면서 한국의 정치 이야기를 많이 한다. 물론 우리가 한국에서 성인이 될 때까지 자랐기에 한국 정치에 관심을 두는 것은 자연스러운 일이다. 그러나 정치 이야기를 시작하면 끝없이 이어지며 열 올리고, 불만과 질책으로 끝나게 된다. 이곳 동포가 한국 정치에 실질적으로 할 수 있는 일이 무엇인가?

나이가 듦에 따라 전에 생각하지도 못했던 몸의 여러 곳이 불편하고 또 아프기도 하다. 이는 자연적인 현상이다. 거부할 수 없는 사실이다. 거부할 수 없다면 받아들여야 하지 않을까. 대화가 아픈 이야기로 시작해서 아픈 이야기로 계속된다면? 아픔을 계속 이야기하는 것은 서글프고 우울한 분위기를 만든다.

미국 사람들은 위에 열거한 우리들의 대화 같은 대화는 하지 않는다. 더욱이 돈이나 과거에 대한, 자기가 아닌 남 이야기는 하지 않는다. 그 때문에 서로 쉽게 공감할 수 있는 스포츠 이야기를 많이 하는지 모르겠다. 그렇다고 미국인들의 문화가 물론 다 좋다는 이야기는 아니다. 그들의 문화 속에서 좋은 것은 우리가 배워야 하지 않나 생각된다.

맥 다방에서 친우들과 1시간 넘게 이야기하다 밖으로 나오면서 생각해 보았다. 우리는 좀 더 긍정적이고 재미있는 이야기를 나눈다면 다 함께 좋은 시간을 보내게 되지 않을까? 우리 이야기 그리고 내일의 이야기를 하면서. 철학자 소크라테스가 한 이야기를 좀 변형시킨 아래 이야기를 생각해 본다.

Great minds love to discover the new ideas,
Average minds love to discover the things which already happened.
Small minds love to talk about the other people.

위대한 마음은 새로운 아이디어를 발견하는 것을 좋아합니다.
평균 마음은 이미 일어난 일을 발견하는 것을 좋아합니다.
작은 마음은 다른 사람들에 대해 이야기하는 것을 좋아합니다.

당신이 곁에 있기에

바닷가에서 뛰며
님을 기다리던 일이
지난 주말 같았는데
이곳에 온 지도 벌써 4년이 지나고 있소.

당신이 곁에 있기에
화도, 투정도, 싸증도 낼 수 있소
이틀 보고 이곳에 온 당신
지금도 그리고 그동안 많이 힘들었겠지.

당신이 옆에 있기에
마음의 위안도,
눈물을 흘릴 수 있고,
마음의 평온을 가질 수 있고,

그리고 사랑할 수 있소.

처음 만나 사랑하고 싶었던 그때의 마음이나

지금 사랑하고 있는 마음이나,

그 사랑하는 마음은 계속될 뿐이오

여정과 계획에 없던 일이 일어났다. 10월 중순 어느 날 초청세미나로 회사에서 일주일 휴가를 얻어 한국에 왔다. 대덕에서 세미나를 마치고 금요일 저녁에 세미나 주최 회사 직원들과 함께 회식을 하는데 친구한테서 연락이 왔다. 좋은 여자가 있으니 만나보라는 이야기다. 생각하지도 계획에도 없던 일이다.

친구들과 토요일 저녁 약속이 있었기에 그 전에 호텔 커피숍에서 잠시 만난 후에 친구들과 함께 저녁을 먹은 후 다시 둘이 만나 이야기를 나누고 헤어졌다. 마음은 혼란에 빠졌다. 한국 여성으로서는 20여 년 만에 처음 만남이었다. 내 생활의 모습을 있는 그대로 이야기했다.

헤어지고 돌아와 잠자리에서 여러 생각이 머리를 감싸고 있다. 마흔 살 초에 남편을 미리 보낸 여인이다. 자식으로 남매를 키우고 있고 좀 힘든 생활을 하고 있다는 이야기를 미리 들었다. 공통점은 그 여인도 성당에 다닌다는 것이다. 좋은 인상을 준 여인이다.

완전하지 못한 두 가정이 합쳐 하나의 가정이 된다는 생각에 중점을 주고 마음 정리하기 시작했다. 언어와 문화가 다른 여성과 만나

23년을 살았는데, 언어와 문화가 같은 사람끼리 서로 협조하면 잘 살리라는 생각을 했다.

공항으로 떠나는 일요일 날 아침, 함께 아침 식사를 하면서 갖고 있는 마음을 이야기했다. "결혼하자"라고. 물론 하루가 지났지만, 실질적으로 보면 단지 몇 시간 만나 대화를 나누고 결혼하자는 이야기가 황당하게 들릴지는 모르지만, 상대에게서 그 무엇인가 근본을 느끼는 생각이 좋으면 함께 노력하면서 살 자신이 있었다.

물론 대답을 듣지 못하고 집으로 돌아왔다. 한 달에 한 번씩 편지를 보냈다. 편지를 보내면서 만일 세 번의 편지에도 답이 없으면 더는 연락하지 않으려던 어느 날 그녀의 딸, 윤진이한테서 연락이 왔다.

만난 지 1년 후 사천에 있는 공군 모 프로그램 사무실에서 초청을 받아 한국에 가는 기회에 미 대사관에서 결혼서약을 했다. 실질적으로 하루 만나고 결혼한 셈이다. 성당에 잘 나가고 행복한 결혼 생활을 하고 있다.

2부

기차 통학

게절에 따라 변하는 차창 밖 풍경을 즐겼고,
차창에 기대에 내리는 비나 눈을 보며 감상에 젖기도 했다.
역마다 내리고 타는 승객들을 보며
만남과 헤어짐에 대한 상념에 빠지기도 했다.
차창에 기대어 노량진역에서 헤어진 여인의 얼굴을 그려 보기도.
20대의 대부분 시간을 기차에서 보내며
그리움에 흠뻑 젖기도, 외로움도, 고독도,
그리고 사랑도 느꼈다.

기차 통학

방위산업체에서 세미나 초청을 받아 여러 번 한국을 방문할 때면, 주로 대전광역시에 있는 대덕단지에 머물렀다. 그러다 보니 서울역을 들를 일이 거의 없었는데, 작년 고등학교 졸업 60주년을 맞아 인천에 있는 모교에 가기 위해 서울역으로 갔다. 역 주변 건물들은 모두 새롭게 바뀌어 신선한 느낌과 함께 아쉬움도 묻어났다. 다행히 50여 년 전 매일 지나다니던 서울역 건물은 그대로 남아 있어 다정함과 향수를 느꼈다.

인천-서울 간 기차 통학은 서울에 있는 대학교를 들어가면서 시작되었다. 대학 졸업한 후, 소공동에 있는 은행에 출퇴근하면서 기차 이용은 계속 이어졌다. 군대 생활을 제외하면, 20대 대부분 시간을 경인선을 이용하면서 서울에서 보냈다.

1959년에는 석탄을 태우며 운행하는 증기기관차가 다녔다. 인천에서 시발역인 부두 근처에 있는 하인천역에서 출발해 흰 연기를 뿜으면서 기적소리와 함께 동인천역으로 서서히 들어오던 증기기관차 생각이 오롯하다. 1960년부터 디젤 기관차가 다녔으며 아침 6시부터 저녁 10시까지 매시간 운행했다.

당시 인천에서 서울역 사이에 있던 역들을 살펴본다면, 인천역 (하인천) - 동인천 - 주안 - 부평 - 소사 - 오류동 - 영등포 - 노량진 - 용산 - 서울역이다. 역들마다 특색이 있었다.

인천에서 떠나 주안역에 다다르면 조촐한 시골역에 들어가는 기분이었다. 당시 주안에는 집들이 얼마 없고 논밭이 많았으며 기차 타는 사람들도 적어 조용했다. 역사는 일제시대에 지어진 조그만 건물을 그대로 사용하고 있었다.

부평역은 분주했다. 부평에는 6·25동란 이후 미군 부대들이 상주해 있었기에, 그곳에서 일하는 사람 많았다. 또한 인천항을 통해서 들어오는 미군 군수물자의 집결지이기도 했다. 더불어 부평시장에는 미군 PX 물품들을 파는 가게들이 줄지어 있었다.

소사지역은 복숭아로 유명했고, 철로 양쪽에 과수원들이 있었다. 특히 봄철에는 철로 주변에 있는 과수원에 피어 있는 아름다운 분홍색 복숭아꽃은 마음을 설레게 했다. 이곳에는 예쁜 여인들도 많았다. 또한 이 지역이 인천과 서울의 중간에 있는 역이어서인지 특이하게 학생 깡패들이 많았다. 인천에서 통학하는 학생들과 한동안 싸움도 가끔 있었다.

오류동역은 조용했고 다른 역들과는 달리 역 뒤 조그만 언덕에 있는 몇 그루의 커다란 나무들이 인상적이었다. 역사 주위가 아름다운 분위기를 자아냈다. 기차를 이용하는 승객들이 적었다.

영등포역은 바빴다. 서울에서 지방으로 가거나 서울로 올라오는 열차들이 서로 만나고 헤어지는 역이었다. 역 주변이 분주했고, 승객들도 많다. 특히 5·16쿠데타 이후 한국경제개발의 일환으로 이 근처 구로공단에 중소 공장을 많이 세웠기에 일하는 젊은 사람들이 많았고 매우 분주한 역이었다.

노량진역은 한강을 지나기 전에 있는 역이었다. 열차 통학생 중에 중앙대학교에 다니는 학생들이 많았는데 이들은 이 역을 사용했다. 당시 우리들은 '한강도 넘어가지 못하는 학생(시골 학교라는)'이라고 놀리기도 했다.

한강 넘어 도착하면 용산역이다. 역 주위에는 기관차를 고치고 정비하는 공장이 있어 역 주변에 항시 열차 차량이 여러 개 놓여있었다. 다음은 서울역이다. 이곳에서 내려 학교에 가기 위해 버스 탈 준비를 해야만 했다.

열차로 통학을 하면서 기차 내에서 그리고 대합실에서 기다리는 동안 책들을 읽었다. 국문과를 졸업한 삼촌의 영향을 받아 현대문학을 그리고 인문학과 문학책들을 읽었다. 책 속에 있는 좋은 구절이나 시들을 공책에 메모하기도, 때로는 생각나는 이야기를 집에서 밤늦게 노트에 끄적거리곤 했다. 문학을 생각하게 만든 시간이고 공간이었다.

지금도 어렴풋이 『인형의 집』(노르웨이 극작가 헨리크 입센), 『데미안』(독일 출신인 스위스의 대문호 헤르만 헤세), 『베르테르의 슬픔』 그리고 『파우스트』(독일 작가 괴테), 『이방인』(알베르트 카뮈, 알제리 태생의 프랑스 소설가), 『대지』(펄 벅, 노벨상과 퓰리처상을 수상) 등은 생각나는 책들이다.

돌이켜 보면 재미있는 구경거리도 많았다. 객실이 만원이라 자리가 없으면 짐을 싣는 일명 '곡간 차'에 가끔 타기도 했다. 말이 곡간 차이지 실은 인천에서 서울로 물건을 팔러 다니는 상인들이 팔 물건을 광주리에 넣고 함께 타는 곳이다. 인천에서 서울로 생선을 팔러 다니는 아주머니들의 대화가 재미있다.

"계절 따라 내 애인이 바뀐다." 흥겹게 떠드는 생선장사 아주머니 이야기, 즉 계절 따라 상품으로 서울에 갖고 가는 생선들이 바뀐다는 이야기다. 봄에는 도미, 조기, 뱅어, 여름에는 민어, 농어, 뱀장어 가을에는 갈치, 고등어, 꽁치 그리고 겨울에는, 광어, 동태를 팔러 다니기에 하는 말이다.

계절에 따라 변하는 차창 밖 풍경을 즐겼고, 차창에 기대에 내리는 비나 눈을 보며 감상에 젖기도 했다. 역마다 내리고 타는 승객들을 보며 만남과 헤어짐에 대한 상념에 빠지기도 했다. 차창에 기대어 노량진역에서 헤어진 여인의 얼굴을 그려 보기도. 20대의 대부분 시간을 기차에서 보내며 그리움에 흠뻑 젖기도, 외로움도, 고독도, 그리고 사랑도 느꼈다.

인천에서 행사가 끝나고 다시 서울역에 도착해서 이제는 전시실로 바뀐 옛 서울역 건물 전시장을 둘러보았다. 전시된 추상화들이 인상적이었다. 한동안 아침. 저녁으로 다니던 서울역을 떠나며, 지난 여러 감정과 추억들이 두서없이 머릿속을 스쳐 간다. 언제 또다시 올지 몰라 '안녕'이라고 인사를 하면서 추억들이 담긴 서울역을 멀리한다.

지게꾼 이야기

예전에는 경기도 양평에 가려면 서울역에서 춘천으로 가는 경의선을 타고 용문역에서 내렸다. 이제는 서울역에서 전철로 갈 수 있으며 일일생활권에 속한다. 서울역에 나와서 보니 옛날 역 건물이 그대로 있어 옛 친구를 만나듯 반가웠다. 이 역 앞을 지나려니, 불현듯 인천에서 서울로 통학하던 시절이 떠올랐다.

1960년대 말, 인천에서 아침 첫 디젤기차를 타고 서울역에 내린다. 그리고, 안암동에 위치한 학교에 가기 위해 버스 정류장을 향해 걷다 보면, 서울역 앞에 모여 있는 지게꾼들을 지나치게 된다.

지게꾼, 지금은 너무나 낯선 단어지만, 당시 비가 오나 눈이 오나 일 년 365일 서울역 앞에 몰려 있었다. 이들이 하는 일은 지방에서 올라오는 기차 승객들의 짐을 자신의 지게에 얹어 택시 앞이나 버스 정류장에 날라주는 일이었다. 당시 지방 농촌에서 오는 승객들은 자신이 재배한 쌀, 보리, 콩, 감자 등을 서울에 사는 친척들에게 주기 위해 농산물을 담은 보따리들을 갖고 내렸다.

특히 겨울철에는 햇빛이 드는 역 건물 앞에 모여 열차에서 내리는 손님을 기다리면서, 서로 웃고 장난하는 모습을 가끔 보았다. 그 모습이 행복해 보이기도 했다. 이처럼 웃고 장난하는 지게꾼들을 볼 때마다, 부모에게서 들던 이야기가 생각났다.

내가 자랄 때 부모들은 자식들이 공부하지 않으면 "너희들도 공부하지 않으면 커서 지게꾼이나 수레꾼이 되어 힘들게 살 것이냐?"라는 꾸중을 듣고 자랐다. 부모님은 우리에게 공부를 열심히 해서 좋은 직장에 다니고 돈도 많이 벌어 행복한 삶을 살라고 하셨다.

물론 지게꾼들이 하는 일은 누구나 할 수 있는 단순한 육체노동이라 수입도 많지 않고 또한 경제적으로 힘든 생활을 하기에 그들은 웃음도 없고 우울하게 생활하는 것으로 생각했다.

과거 일본 지배 아래서 살던 부모님들은 제대로 직장을 가질 수 없어 힘든 생활을 해야 했다. 더욱이 6·25 한국동란 시에는 먹을 것이 없어 호박죽이나 보리밥을 먹으며 궁핍한 생활을 했다. 그 후에도 경제개발도상국으로 제대로 취직할 곳이 아주 적었다. 그 때문에 부모들은 자식들이 공부 잘하고 좋은 직장에 취직하는 것을 커다란 희망으로 생각하던 시절이다. 지금도 부모의 바람은 같지만. 우리는 '돈 많이 벌면 경제적으로 윤택하고 잘 살고 행복한 삶'이라고 생각했었다.

지난 3월에 유엔 산하 기관에 있는 Sustainable Development Solutions Network(SDSN)에서 Word Happiness Report 2019를 발표했다. 이 보고서는 2012년 4월에 처음 발표했고 올해는 7번

째다.

이번에 발표된 세계 행복 보고서에서 나라별 행복지수를 본다면 코스타리카 12위, 미국은 19위, 멕시코 23위, 그리고 한국이 54위로 보고됐다. 이 나라들의 경제적인 부를 가늠할 수 있는 Gross Domestic Product(GDP)를 국가별로 본다면 미국은 10위, 한국 27위, 멕시코 57위, 코스타리카는 67위다.

각 나라의 GDP와 행복지수는 서로 상호관계가 성립되지 않는 것을 알 수 있다. 즉 GDP 면에서 본다면 미국을 제외하고 한국이 코스타리카나 멕시코보다 그 수치는 높은 데 반해 행복지수는 이 나라들보다 낮다. 이 두 가지 지수만을 비교할 때, 일반적으로 생각되는 '생활이 풍부하면 행복도 커진다.'라는 이야기는 잘못 표현된 이야기다.

한국이 코스타리카보다 잘 사는데 왜 더 행복하지 못할까? 잘 산다는 것을 경제적인 측면에서 본다면 우리가 금전적인 즉 물질적인 면에서 더 부유하다는 말이다. 문제는 돈이 삶의 편리를 주지만 행복은 주지 않는다는 사실이다.

대학 시절 서울역 앞에서 웃으며 장난하던 지게꾼의 행복스러운 모습을 보더라도 금전적인 여유와 행복은 깊은 상호관계가 없음을 보여주는 사례라고 생각된다.

그러면 행복이란 무엇인가? Wikipedia에 따르면 행복이란 물질적인 만족에서 오는 것이 아니라 정신적인 만족, 긍정적인 마음의 평온 더불어 삶의 즐거움에서 온다고 한다. 즉 긍정적인 생활의 만족이라고 볼 수 있다.

SDSN에서 국민의 행복지수를 측정하기 위해 다음과 같은 항목에 관한 의견을 수립하여 그 결과를 종합하여 정한다고 한다. 즉 1) 사업과 경제, 2) 시민 참여, 3) 통신과 기술, 4) 사회의 다양화, 5) 교육과 가정, 6) 복지, 7) 자연환경과 에너지, 8) 주거, 9) 정부와 정치, 10) 법과 질서, 안전, 11) 건강, 12) 종교와 윤리, 13) 교통, 14) 직업 등 14개 종목이다.

이 중에서 한국과 코스타리카를 비교해 볼 때, 사회의 다양화, 교육과 가정, 복지, 정부와 정치, 법과 질서, 안전, 종교와 윤리, 직업의 차별 등 8면에서 코스타리카에 떨어지고 있다.

물론 행복하게 살기 위해서는 어느 정도 경제적인 여유도 있어야 한다. 그런데 이에 못지않게 필요한 요소는 부패가 없는. 사회의 질서를 잘 지키는 국민, 더불어 잘 정립된 사회적 윤리 등이라고 생각된다. 이러한 것들이 잘 정립되어 있는 나라는 행복한 나라다.

서울역을 지나며 자꾸 뒤를 돌아본다. 역 건물 앞에 모여 손님을 기다리면서 서로 웃고 장난하던 지게꾼들. 이제는 사라진 그 모습을 되새기며 서울역 앞을 걷고 있다. 오래전에 읽었던 글을 생각하며.

Happiness is not about getting everything you want.
행복은 당신이 갖고 싶은 모든 것을 갖는 것이 아닙니다.
It's about enjoying everything you have.
그것은 당신이 가지고 있는 모든 것을 즐기는 것입니다.

세월호 이야기

세월호 침몰 사고는 충격이었다. 2014년 4월 16일 전라남도 진도군 조도면 부근 해상에서 일어났다. 그 배 승객 중에는 제주도로 단체여행을 가던 안산시 단원고등학교 학생 476명이 타고 있었으며 이 사고로 시신 미수습자 5명을 포함한 304명이 사망했다.

침몰 사고 생존자 172명 중 절반 이상은 세월호 근처에 있던 어선 등 민간 선박에 의해 구조되었다. 3년 동안 인양을 미뤄오다가 2017년 3월 10일 제18대 대통령 박근혜가 국회에서 탄핵을 당하고, 12일 후인 3월 22일부터 인양을 시작했다. 2017년 3월 28일 국회에서 세월호 선체 조사위원 선출안이 의결되었다.

세월호 참사 5년이 지난 후 TV 뉴스에서 "세월호 참사 당시 위급한 환자들을 실어 날라야 하는 헬리콥터에 높은 사람이 타고 배 위에서 관찰했다."라는 뉴스와 더불어 '세월호 구조실패'라는 내용이 보도되었다. 그리고 또다시 새로운 '세월호 참사 특별수사단'을 만들었다는 뉴스를 듣고 여러 생각이 나서 이렇게 글을 썼다.

사고 이후 많은 인력과 시간을 투자해서 세월호 참사에 대한 원인과 경위를 조사한 것으로 알고 있다. 이미 5년 전에 세월호 수사 전담반 팀을 만들어 필요한 조사를 했는데, 만약 당시 수사팀에서 부실 수사를 했기에 다시 수사해야 한다면, '왜? 그리고 어떠한 부실수사'를 했는지 그 내용과 이유를 먼저 밝혀내야 하지 않을까.

지난 몇 년간 신문이나 여러 사회 인사들이 세월호 참사는 국가의 책임이라 했고 국가 역시 그렇게 일을 처리하고 있음이 현실인 것 같다. 우리가 어릴 때 '신문은 사회의 거울'이라고 배웠다. 그렇기에 많은 국민이 세월호 참사는 국가의 책임이라고 부르짖는다.

사건의 근본에 무게를 두지 않고 왜 정치적 현상에만 몰두하고 있는지 의심이 간다. 사건의 근본문제를 심도 있게 생각해 보자.

첫째, 인천에 본사를 둔 청해진 해운은 일본에서 사용하던 배를 수입하여, 국내 선박회사에서 개조했다. 선체를 변경할 때에 한국 선체 개조 법규에 맞게 변경했고, 선체 개조 변경 후에 배에 대한 안전을 제대로 점검한 후에 인천 제주 항로에 투입되었는가?

다음으로, 선원들이 그 배에 화물을 적재했을 때 안전수칙을 따라 균형에 맞게 선적을 실행했나?

셋째, 그 배에 탑승한 선장과 선원들은 배가 위기에 처했을 때를 위한 안전 및 사고 대처 교육을 받았고, 승객들에게 구명조끼가 주어졌는가? 또한 배가 침몰에 처할 때 승객들을 보호하는 규정이 있었고, 메뉴얼 대로 위기에 제대로 대처를 했는가? 그리고 비행기처럼 선박회사에서 승객을 위한 보험이 있는가? 끝으로 그 지역 해양 경찰이 침몰한 배에 인명 구조작업을 제대로 수행했는가?

　이러한 일련의 일들이 제대로 이루어졌다면 이처럼 커다란 세월호 참사는 일어나지 않았을 것이다. 세월호 참사는 그 누구보다도 위에 제시한 해당되는 부서 사람들에게 실질적이며 행정적인 책임이 있다고 본다.

　정치적 상황으로 그 도의 행정을 담당하고 있는 도지사의 행정적인 책임까지는 몰라도, 정부의 높은 공무원이나 대통령과 직접적인 관계가 있지 않다고 본다. 장관이나 대통령이 개인 기업의 일까지도 책임을 져야 할까? 더욱이 민주주의 국가에서는 책임과 권한에는 분명한 범주와 한계가 있다.

　"그 시대에 나타나는 사회적 현상은 곧 국민의 모습이다."라는 역사 이론이 있다. 그 예로 독일에서 히틀러라는 인물이 나올 수 있었던 것은 그 당시 대부분 국민이 히틀러와 같은 생각을 가졌기 때문이다. 이와 더불어 한국에서 박정희 독재 정권이 있었던 것은 그 당시 많은 국민 역시 '한국 사람은 독재를 해야 한다'라는 생각을 가졌었다고 간주된다.

　나 역시 옛날 동사무소에서 서류를 빨리 만들고 싶어서 동사무소 직원에게 담배 한 갑을 주고 다른 사람보다 서류를 빨리 받았던 기억이 난다. 오늘날 모든 국민이 자기에게 주어진 일을 법규대로 수행하고, 올바른 길로 생활해 왔고, 지금도 그러한 길을 가는 생활하고 있을까?

　세월호 참사 이후에도 여러 가지 대형 참사가 계속 일어나고 있는 것을 보면 과거부터 이어온 안전 불감증이 지금도 있는 것 같다. 그리고 국민이 자기 개인의 이익을 위해서 안전을 무시하고, 합법 되지 않는 일을 하는 위배된 행위 때문에 이러한 사건들이 일어나고 있는 것이 아닐까?

염 추기경이 세월호 참사가 일어나고 며칠 후 서울대 교구청에서 열린 기자 간담회에서 이야기한 내용을 마음속 깊이 되새겨 보아야 할 것 같다.

"아픈 가운데서 벗어나야 한다. 죽음의 자루 속에 갇혀 어둠 속에만 있어선 안 된다. 부활과 희망에 대해 이야기 할 수 있어야 한다"

세월호는 경쟁 속에서 나만 잘살면 되고 돈만 최고라는 의식이 낳은 총체적 결과라, 누구 잘못을 따질 것이 아니라 지금은 고통받는 분들에게 초점을 맞추고 이 사고를 계기로 우리가 총체적으로 새로워져야 할 때라고 말씀하셨다.

인천 자유공원, 맥아더 동상

인천 자유공원에 있는 맥아더 동상이 여러 번 수난을 겪고 있다. 6·25전쟁 시 UN군 사령관이었던 맥아더 장군의 동상은 1957년 김 정렬 인천시장이 인천상륙작전을 기념하기 위해 자유공원* 동편에 건립했다. 노무현 정권 시절인 2004년에 동상 철거를 주장하는 데 모가 있었고, 그 후 여러 차례 다시 논란에 휩싸여 있는 맥아더 동상 에 관한 글을 읽었다. 2008년에도 반미성향 단체인 평화협정운동본 부는 두 차례 맥아더 동상 화형식을 벌였다.

2019년 7월 1일 자 어느 일간 신문에서 읽었다. 평화협정운동본부 집행위원장이 맥아더 동상 앞에서 "전쟁이 일어난 건 분단이 됐기 때문인데 분단의 원흉이 바로 미국이다. 그런 나라를 은인이라고 생 각해서는 안 된다."라고 외치며 맥아더 동상 앞에서 철거를 요구하 는 기자회견을 했다는 기사가 있었다.

이처럼 울부짖던 평화협정운동본부에 몸을 담고 있는 사람들이나 위원장은 일본에 침략당했던 대한제국이 세계 2차대전에 관련된 얄

타회담** 때문에 '남과 북'으로 분단된 사실을 알고 있는지 의심이
간다. 그리고 미국이 세계 2차대전에 참여하여 일본과 싸우지 않았
다면 우리는 일본 침략에서 벗어날 수 있었을까? 미국이 일본과 싸
워 이겼기에 우리는 일본 침략에서 벗어날 수 있었던 것은 역사적인
사실이다.

일본이 멸망한 후, 얄타회담 결과로 한반도의 북쪽에는 소련 연방
과 남쪽에는 미국의 영향권 하에 들어갔다. 중앙으로 관통하는 북위
38도선을 경계로 북쪽에는 소련군, 남쪽에는 미국군의 영향 아래 놓
이게 된다. 1947년 유엔에서 제안한 '한반도 총선 실시'는 북한과 소
련에 의해 거부되었다.

결국, 남쪽에는 1948년 남한만의 총선을 거쳐 8월 15일 대한민국
정부가 수립되었다. 한편 북쪽에는 1948년 9월 9일 조선민주주의인
민공화국 정권 수립 전까지 소련의 원조 아래 조선민주주의 인민공
화국 정권이 성립되었다. 이에 따라 남쪽에는 미국의 자본주의가 그
리고 북쪽에는 소련의 공산주의 체제를 가진 정부가 설립되었다.

만일 이북이 6·25 남침을 하지 않았다면 한반도에서 전쟁이 일어
났을까? 그리고 6·25 한국 전쟁 당시 한국과 이북의 군사력을 비교
해 볼 때 미국의 도움 없이 인천상륙작전이 수행될 수 있었으며 또한
우리가 남침한 북한을 물리칠 수 있었을까? 깊이 생각해 볼 문제다.

우리는 이와 같은 논쟁이 발생할 때, 역사적 사실을 부정하거나
왜곡하는 행위는 하지 말아야 할 것이다.

맥아더 장군의 지휘 아래 이루어진 인천상륙작전은 6·25전쟁의

전세를 크게 바꾸어 놓았다. 당시 대한민국 국군과 유엔군은 낙동강 방어선에서 조선 인민군과 힘겨운 싸움을 벌이고 있었다. 인천은 최전선이었던 낙동강과 부산 교두보에서 멀리 떨어져 있었으며, 인천 앞바다는 조수간만의 차가 극심하여 조선 인민군이 거의 방어를 하지 않고 있었다.

내가 10살 때에 6·25전쟁이 일어났다. 인천에서 가까운 시골에 잠시 피난 갔다가 인천 경동 집으로 돌아왔다. 인천상륙작전 며칠 전에 유엔군 전투기와 폭격기들이 인천 지상을 공격하는 것을 집 장독대 위에서 여러 날 보았다. 밤과 낮으로 군함에서 쏘는 함포사격과 공습으로 인천 시내가 불바다가 되고 있었다. 집안 식구들은 겁에 질려 밖에도 제대로 나가지도 못했고, 집 앞에 있는 집들은 불타고 있었다.

인천상륙작전을 위해 1950년 9월 4일부터 상륙 당일인 9월 15일까지 인천 시내를 공습하여 거의 폐쇄도시로 만들었다. 9월 15일에 미해병 제1사단과 국군 해병대와 미 제7보병사단 그리고 국군 제17보병연대 장병들로 구성된 유엔군은 조수간만의 차가 극심한 인천 앞바다에 있는 월미도를 먼저 점령한 후 인천에 상륙했다.

16일에는 인천 시가지를 성공적으로 탈환했다. 이후 동북쪽으로 진격하여 북한군을 물리치고, 28일에는 수도 서울을 수복했다. 이로써 조선 인민군의 보급로를 차단하게 되었고 국군과 유엔군이 38선을 넘어 북진하게 되는 결정적인 계기를 마련하였다.

인천시는 맥아더 장군의 업적을 기리기 위하여 1957년 9월 15일, 인천 자유공원에 한·미연합군이 인천 탈환의 표징으로 태극기를 꽂

앉던 자리에 그의 동상을 세웠다. 나는 그 당시 제물포고등학교 1학년에 재학 중이었다.

학교 다닐 때 친구들과 자주 자유공원에 와서 놀기도 했으며, 졸업 후에도 인천항과 서해바다를 조망할 수 있어서 이따금 들렀다. 맥아더 동상 인근의 광장은 인천 시가지, 인천항과 서해바다와 일몰 석양을 잘 볼 수 있는 명소다.

* 자유공원이 있는 산을 응봉산이라고 부른다. 이곳에는 인천 천문대, 인천여자중학교와 내가 졸업한 인천중학교, 제물포고등학교가 있었다. 한국에서 최초로 만들어진 이 서구식 공원은 1889 무렵 서울에 여러 유럽식 건물을 건축했던 우크라이나 태생, 건축기사인 아파나시 세레딘사바틴이 인천 소재 외국인 거류지역의 거주자들을 위한 공원을 만들어 '만국공원'이라고 불렀다.

그러나 일제 강점기에는 서공원 (西公園)으로 불리다가, 해방 후에는 원래 이름인 만국공원으로 불렀다. 1957년에 김정렬 인천시장이 인천상륙작전을 기념하기 위해 자유공원 동편에 건립했으며, 공원 이름을 만국공원에서 자유공원으로 이름이 바뀌었다

** 얄타회담: 제2차 세계 대전에서 독일이 패전에 가까웠을 무렵, 1945 년 2월에 소련 흑해 연안에 있는 크림반도의 얄타에서 미국·영국·소련의 수뇌들이 모여 회담을 했다. 주요 안건은 당시 나치 독일과 독일 관리하에 있던 유럽의 여러 나라를 어떻게 처리하냐가 주요 안건이었다.

이때에 소련이 대 일전에 참전하는 조건으로 미국과 소련 사이에서 한반도 신탁통치에 관한 이야기가 오고 간 것이다. 관련 내용은 "한반도에서 외국 군대의 주둔 문제를 거듭 주장하는 소련 측에 대해 미국 측은 외국군 없는 신탁통치를 실시하자고 주장하였다." 결국, 얄타회담의 결과에 따라 한반도는 남한, 북한으로 두 토막이 났다.

논문 제 일 저자

대한병리학회에 제출된 대학교 연구논문에 고등학생이 논문의 제 1인자로 등기된 사실이 일간 신문과 TV에서 보도되었다. 이 사실이 알려지면서 대학가는 술렁이고 논문에 참여한 고등학생에 대한 이슈는 쉽게 가라앉지 않을 것이다.

신문에 보도된 내용은 "고등학생이 대학 연구소에서 최소 273개의 실험 그리고 67시간이 소요되는 연구를 단지 2주간 실험에 참여한 후 영어 논문에 제1 저자로 등재된 사실이 확인됐다."라는 내용이다. 더욱이 전문가의 평이 "고교생이 쓰기 어려운 논문을 썼다. 논문등재 이듬해에 그 학생이 대학에 입학했다."라는 기사도 눈길을 끌었다.

여기서 우리가 직시해야 할 문제점이 있다. 그 논문에 얽힌 학생 그리고 이 사건에 연계되었을 가능성이 있는 부모에게 문제가 있으나, 그보다도 더 큰 문제는 이러한 사건이 일어난 대학 사회와 이에 관련된 사람들의 윤리 문제다.

한국 의학지에서는 논문 제 일 저자의 정의를 "논문작성에 최대한 기여를 많이 한 사람, 즉 그 논문을 구성하고 작성하며, 대부분 원고를 집필, 편집하고, 연구에 가장 큰 개념 설정, 설계, 결과의 취득, 많은 데이터를 수집분석 등 그 논문에 상당히 기여한 사람을 말한다. 그다음으로 이바지를 한 사람이 두 번째 기여자가 된다. 즉 논문 이 (2) 저자가 된다."라고 정의하고 있다.

위에 열거한 논문 일 저자에 대한 이야기를 하기 전에, 어떻게 고등학생이 대학교에서 발표되는 논문에 참여할 수 있었는지를 생각해 봐야 할 것이다. 단지 고등학교에서 공부만 잘하면 대학교에서 외부에 발표하는 논문에 참여할 수 있는 규정이 있는지 의심이 간다. 만일 규정이 없다면, 이러한 일이 상식적으로 어떻게 일어날 수 있는지 의심스럽다.

다음으로, 2주간 실험에 참여한 고등학생이 어떻게 한국 의학지에서 정의하는 '논문 일 저자'가 될 수 있는지 이해가 되지 않는다. 더욱 심각한 문제는 그 논문에 참여한 고등학생보다도 그 논문을 작성하는데 한 몫이었던 교수 혹은 박사과정 공부를 하는 대학원생들의 생각과 윤리의식의 문제다.

문젯거리가 된 논문이 외부에 발표되기 전에 그 논문에 참여했던 대학원생이나 교수들이 '고등학생이 논문 일인자라는 사실'을 알고 있었다면, 그 들은 그 논문이 신문에 발표되면 사회적 커다란 이슈가 될 것이라고 생각을 못했냐는 것이다. 그 논문에 참여했던 대학원생이나 혹은 교수들은 이 사실을 알고 있으면서 왜 묵인했는지? 그리고 그 논문에 간접적으로 관여한 대학교 교수들은 또한 무엇을 했는가?

끝으로, 그 학생이 논문 등재 이듬해에 대학 입학했다는 기사는 여러 의문을 자꾸 생각나게 만든다. '논문 일인자'라는 타이틀을 갖은 고등학생은 대학 입시 과정에 커다란 특혜를 받는다는 것인가?

모든 고등학교 학생들이 논문 제1인자에 참여할 수 있는 보편타당성이 결여된다면, 고등학생이 대학 논문에 참여할 수 있다는 사례 자체가 부조리를 유발하는 것이다. 더욱 놀란 일은 '논문 제1인자' 사건이 이번뿐만 아니라, 전에도 이러한 혜택을 본 학생들이 있다는 사실이다.

가장 큰 문제는 이러한 일이 학문의 전당인 대학가에서 일어났다는 것이다. 1993년부터 한국방위업체 초청으로 한국에 드나들기 시작했다. 당시 한 지인이 모 대학의 부총장이었는데, "어찌하여 대학 교수 자리를 돈 받고 팔고 또한 사는 이러한 학교 사회가 되었는지 모른다."라며 술잔을 비우며 비통히 말하던 모습이 기억난다. 지금도 대학교수 자리를 팔고 사는 일이 있는 학교 사회인가? 또 자주 거론되는 논문 표절 문제는?

한국에도 논문 표절을 탐지할 수 있는 소프트웨어가 있는 것으로 알고 있다. 그런데도 표절논문이 아직도 사회에 이슈가 되고 있는 이유는 무엇일까? 더욱이 대학은 자유, 정의, 진리를 탐구하는 전당이라고 부르는데. 이러한 불합리한 일이 발생할 수 있을까?

어느 사회나 완전히 밝고 공정한 사회는 없다는 것을 우리는 안다. 그러나 문제가 발생한다면 그에 대한 보완책이나 해결책을 만들고, 그 법을 지키는 국민이 되어야 하지 않을까 하는 아쉬움이 남는다.

정경유착

이승만 대통령 정권 자유당 시절에 "돈과 빽이 있으면 모든 것이 잘 해결된다."라는 말을 듣고 자랐다. 특히 3·15부정선거 때 인천의 어느 섬에서는 섬에 사는 인구보다 투표 숫자가 더 많이 나오기도 했다. 이는 선거 부정부패의 한 단면이다. 이러한 부정부패는 1960년 고대 4·18데모를, 그리고 4·19혁명을 불러왔고, 이는 또 5·16군사혁명을 이끌어냈다.

박정희 대통령 정부의 경제계획이 오늘의 대한민국 경제를 만들게 한 원동력이 되었음은 부정할 수 없다. 그러나 세상일에는 양면성이 존재하듯이, 오늘날 회자가 되는 정경유착은 5·16군사혁명의 부정적인 산물이다. 정경유착이란 기업주가 정치인에게 정치 자금을 제공하고, 정치인은 반대급부로 기업주에게 여러 가지 특혜를 베푸는 것과 같은, 정치인과 기업가 사이의 부도덕한 밀착 관계를 말한다.

5·16군사혁명 이후 군인들은 정부의 장관을 비롯하여 정부산하 단체장, 각 도의 도지사, 경찰서장 등 행정부서의 높은 자리를 장악

하고, 자신들의 입맛에 맞게 관리했다. 이를 시점으로 군대의 좋지 않은 문화가 우리 사회에 스며들지 않았나 생각된다.

군대에서 상관에게 잘 보이기 위해서 뇌물을 바쳐야 하는 관습, 배급품인 식유, 군복, 심지어 쌀까지도 정해진 수급량의 일부를 별도로 떼어 상납하거나 혹은 민간인들에 판매하여 비정상적인 이득을 챙겼다. 그 때문에 말단 부대에서는 정량을 받을 수가 없었다. 이러한 군대에서 행하던 좋지 않은 관습은 우리도 모르는 사이에 사회를 물들게 했고, 결국 좋지 않은 문화로 바뀌고 말았다.

보릿고개 시절 당시의 한국은 경제발전을 이룩할 자체 자본이 없는 저개발 국가로, 경제성장을 위해서는 외국 자본이 절대적으로 필요했다. 그러나, 국내기업이 대외신용이 없어서 국가가 기업을 대신 보증해주는 방식으로 외국으로부터 차관을 받았고, 정부는 차관으로 받은 돈을 각 기업에 나누어 주었다.

이렇게 정부의 차관을 받은 기업들은 정부에 감사함을 금전으로 표시했고, 이러한 행위는 곧 정경유착으로 변질했다. 지난 모든 정권은 이 범주에서 벗어나기 힘들 것이라 사료된다.

군대에서 5·16혁명을 맞았다. 모든 부대 대원은 5·16혁명 공약을 외워야만 했다. 그런데 혁명공약 6번째의 양심적인 정치인에게 정권을 이양하고 군은 본연의 임무로 복귀한다는 사항을 지키지 않았다. 더욱이 '나 아니면 이 국가를 끌고 갈 수 없다'라는 생각은 유신헌법*을 만들었고 장기집권까지 들어갔다.

프랑스 학자인 David Andress**가 쓴 논문에 따르면 혁명이 민주주의 발전에 기여한다고 보기에는 모호한 면이 있음을 서술했다. 또한, 다른 학자들은 혁명으로 정신적인 흐름을 끊어 놓았을 때 그 흐름을 바꾸거나 혹은 다시금 연결 지어 혁명 전의 상태로 가기에는 많은 시간이 필요하다고 말하고 있다.

많은 국민 마음속에 자리를 잡고 있는, 남을 배려하는 마음보다, '나만'을 생각하는 이기적인 생각과 자기 편의를 위해 적당한 뇌물을 주어 법을 벗어나도 괜찮다는 생각 등이 3·15부정선거와 5·16 군사정권의 여파가 아닌지. 이러한 사고방식들이 사회의 부조리를 낳고 있다고 하면 과장된 표현일까?

나만이라는 생각 그리고 자기, 자기 모임, 자기 단체, 자기 회사의 편의를 위해 적당한 위법도 묵인하는 한국사회의 일부, 그 때문에 남이 하면 불륜이요 자기가 하면 로맨스라는 '내로남불'이라는 말이 유행하고 있는 것도 생각해 볼 일이다.

* 유신헌법: 대통령은 국회의원의 3분의 1과 모든 법관을 임명하고, 긴급조치권 및 국회 해산권을 가지며, 임기 6년에 횟수의 제한 없이 연임할 수 있었다. 또한, 대통령 선출 방식이 국민의 직접 선거에서 관제기구나 다름없는 통일주체국민회의의 간선제로 바뀌었다. 유신 체제는 행정·입법·사법의 3권을 모두 쥔 대통령이 종신 집권할 수 있도록 설계된 1인 절대적 대통령제였다.

**DEMOCRACY, LIBERATION, VIOLENCE; The ambiguities of believing in 'revolution By David Andress, 19 April 2013.

정이 있는 나라

　'정(情)'은 한국인의 정서를 대표하는 단어다. 이 단어가 명사 뒤에 붙으면 다정, 인지상정, 더러운 정, 얄미운 정, 미운 정, 고운 정 등 우리 삶 속에서 마음속 깊이 녹아 있는 '희로애락'의 함축된 감정을 나타낸다.

　정은 가까운, 친밀한 사람들 간에 만남이 계속되면서 쌓이게 되는 따뜻한 감정을 말한다. '우리'라는 공동체 안에서 오랫동안 쌓은 함축된 감정은 때로는 공동체의 정으로 변하기도 한다. 한국인은 타민족과 달리 자라면서 본인도 모르는 사이에 정을 배웠고, 느꼈고 또한 가슴 깊이 가지고 있다. 특히 국가적인 사항이 한국 국민의 함축된 감정을 자극하면 공동체의 결속력의 움직임으로 변한다.

　이러한 심리적 상태는 모든 국민이 함께 한 마음으로 응원하고, 기쁨과 안타까움과 슬픔을 같이한다. 이는 애국심의 발로일지도 모른다. 한국인은 다른 나라에서 하지 못하고, 일어나지 못하는 일을 하고 있다.

국민을 하나로 만들었던 금 모으기 캠페인(1998년 1월), 모두가 함께한 마음으로 뜨겁게 함성 응원했던 월드컵 4강 진출(2002년), 기쁨과 안타까움을 같이한 촛불시위(2016년) 그리고 일본상품 불매 운동(2019년) 등을 열거할 수 있다.

이런 사건 중 몇 개를 열거해 본다.

1997년 7월 태국에서 시작되어 아시아 각국으로 연쇄 확산된 금융위기는 한국 경제에도 심각한 타격을 가했다. 한국은행의 보유 외환이 소진되어 국가 부도의 위기에 처하게 되었고, 한국 정부는 IMF의 구조조정 요구를 받아들이는 조건으로 구제금융을 받게 되었다. 이때 국민이 자진해서 금 모으기 캠페인에 동참했다.

외환보유고를 늘린다는 취지로 KBS에 의해 시작된 이 운동에 약 351만 명이 참여했으며 약 227톤의 금이 모였다. 이 금을 환산하면 약 21억3천 달러가 되었다. 당시 대한민국은 외환 부채가 약 304억 달러에 이르렀다. 이 운동은 국가 경제의 어려움 속에서 국민이 힘든 국가 경세를 돕기 위한 자발적인 희생정신의 대표적인 사례가 됐다.

다음은 촛불집회다. 야간에 주로 이루어진 촛불집회는 23번에 걸쳐 일어났으며(2016. 10. 29~2017. 4. 29), 주최 측에 의하면 총 누적 인원 16,894,280명이라고 한다. 시민단체들과 시민들로 구성된 촛불집회는 정부의 부정부패와 박근혜의 대통령직 사퇴를 요구했으며 전국 주요 도시에서도 정권 퇴진, 탄핵 찬성 요구로 집회를 이어 나갔다. 그 결과로 박근혜 대통령이 탄핵당하였고, 현재 영어의 몸이다.

집단에 대한 호의적 배려로 일어나는 정은 공동체에서 느끼는 감정을 자극하여 단체의 움직임을 만들기도 한다. 이러한 '함축된 감정'이 끼리끼리 모여 폐쇄집단에 유입된다면, '우리'를 먼저 챙겨야 한다는 심리적 압박감과 우리 단체만을 위한 소속감이 생기며, 이러한 심리적 여건은 부정부패로 흐르기 쉽다.

우리는 정만으로 살 수도 없지만, 이성만으로 살 수도 없다. 양자의 조화가 무엇보다 중요하다. 유구한 세월 쌓아 온 한국인 특유의 정(情) 문화는 우리의 심리적 자산이다.

다수결의 횡포

대한민국 제21대 국회의원 선거는 2020년 4월 15일에, 미국 대통령선거는 11월 첫 번째 화요일에 있다. 이 기회에 양국 대통령 및 국회의원 선거제도를 비교해 본다면, 한국도 미국도 민주주의 기본 아래 국가를 창설했지만, 선거제도는 서로 다르다.

한국과는 달리 미국은 정당정치다. 모든 국민은 투표권을 사용할 수 있는 나이가 되면 본인 스스로 정당을 택해서 그 당의 당원이 된다. 다음 한국 내통령선서는 국민에 의한 직접 선거로 결정되나, 미국은 Electoral College(선거인단)에 의해 결정된다.

두 나라 국민은 스스로 삶의 주인이 되고, 자유롭고 평등을 기본으로 하는 민주주의 국가에서 살고 있다. 국가권력을 한 개인이나 집단에 집중하지 않고 상호적 견제와 세력 균형을 유지하기 위해 미국은 세계 최초로 삼권 분립을 만들었다. 민주주의에서 의사결정은 다수결의 원칙을 따라야 하나 이 원칙의 단점인 다수결의 횡포 (tyranny of the majority)가 발생할 수 있다.

특히 대통령선거에서 그 선거 내용을 잘 모르는 사람이나, 혹은 주위 흐름에 따르거나, 또는 관심이 없는 투표자들이 한데 뭉쳐 불합리한 결정을 할 가능성이 내재 되어있다. 이러한 걱정 때문에 당시 여성이나 흑인 노예에게는 투표권이 없었다.* 더욱이 심리학자들은 '집단의 생각이나 결정'은 논리와 상식보다는 감정을 기반으로 선택할 가능성이 더 크다고 본다.

미국 대통령은 이 '선거인단' 숫자에 따라 결정되는데 이는 다수결의 횡포를 염려한 미국의 건국 아버지들(Founding Fathers)**은 대통령선거에만 적용되는 '선거인단 선거제도'를 1787년 9월 6일 만들었다. 미 대통령선거는 주민들이 직접 선거를 하나, 그 직접 선거 투표수에 따라 과반수를 차지한 정당이 그 주에 정해진 선거인단의 전체 수를 갖게 된다.

선거인단 구성원은 상원과 하원의 의원 수를 합한 숫자와 같다. 즉 각주에서 2명의 상원과 인원 비례로 정하는 하원수 그리고 Washington DC에서 3명을 추가해서 선거인단 수는 모두 538명이다. 이 중에서 270명의 선거인단 투표를 가지면 대통령에 당선된다.

50개 주에서 Maine과 Nebraska를 제외한 48개 주는 그 주에서 주민 투표를 많이 얻은 대통령 후보가 그 주의 선거인단 수의 전원을 갖는다. 즉 승자가 그 주에 정해진 모든 선거인단을 갖는 승자독식 방식이다. 그러나 Maine과 Nebraska주는 비례배분 방식 즉 대통령 후보가 획득한 주민 득표수에 따라 선거인단 수가 나뉜다.

당시 선거방식에 대해 찬반이 있었지만, Alexander Hamilton은

선거인단 선거에 관해 다음과 같은 말을 남겼다. "완전하지는 않지만, 최상의 방법이다."

두 나라에서 선출되는 국회의원을 보자. 미국의회는 양원제로 상원과 하원이 있으며, 한국에는 국민투표로 당선되는 국회의원과 정당 지지 투표에 따라 정해지는 비례대표(국회의원)가 있다. 각 나라 의원 공천과정과 의원 수를 정하는 방법은 서로 다르다.

한국에서 국회의원은 국민이 직접 뽑은 국회의원이라고 말하지만, 실은 당에서 선거 공천 위원회를 만들어 그 기관에서 국회의원 후보자를 결정한다. 현역 국회의원이라도 정당의 공천을 받지 못하면 선거에 아예 나서지도 못하고 정치적 생명이 끊어지는 것이 현실이다.

현역 국회의원이 정당의 공천을 받지 못한 뒤에 탈당해서 개인으로 혹은 당을 만들어 출마하는 경우가 있다. 이러한 불합리 때문에 한겨레신문에서 "국회의원들을 개별적으로 만나면 누구나 '개혁 공천'이나 '공천 혁명'을 해야 한다고 힘주어 말한다. 물론 '나만 빼고'가 진제입니다."라는 기사를 읽었다.

이에 반하여 미국에서는 당원들의 직접 선거를 통해 그 당의 대통령 후보는 물론 상원과 하원 후보자를 결정한다. 예를 들어 어느 주에 민주당 의원 후보자가 3명이 나왔다면 당에서 결정하는 것이 아니라 그 주에 있는 민주 당원들의 투표에 의해 제일 표를 많이 획득한 후보자가 그 주의 민주당 의원 입후보자로 결정된다.

다음은 의석 숫자다. 한국에는 이번 선거부터 준연동형 비례 대표제가 적용됨에 따라 비례대표 의석 47석 중 30석만 준연동형 비례

대표제가 적용되고 나머지 17석은 병립형으로 적용을 받게 된다. 의석수는 직접 선거에 의한 지역구 253석과 비례대표 47석으로 총 300석으로 확정되었다.

미국의회는 양원제로 상원과 하원이 있다. 연방 상원 수는 각 주에서 2명씩 선출되어 100명으로 구성되고, 임기는 6년이며, 상원 선거는 2년마다 50개 주 중 1/3씩 새로 선출한다. 하원의원 수는 50개 주에서 주 인구 비례에 따라 정해지며 Washington DC에서 3명을 합하여 438명이 되며 임기는 2년이다. 총 의원 수는 상원과 하원을 합하여 538석이 된다. 미국과 비교하여 행정단위나 인구 비례로 본다면 300명이라는 한국의 의원 수는 많다는 생각이 든다.

미국의회의 의원 임무를 본다면, 미국의 각 주를 대표하는 상원은 미국 대통령을 수반으로 하는 미국 연방 행정부(미국의 입법부인 미국의회와 미국의 사법부인 연방 대법원, 연방 법원과 함께 연방정부를 구성하는 행정부서)의 각종 주요업무에 동의하는 기관이다. 하원은 세금과 경제에 대한 권한과 국민을 대표하는 기관이다. 그러나 한국에는 직선으로 선출된 의원이나 비례대표로 된 위원이나 업무의 구분이 없다.

끝으로 의원 자격 조건 중에 미국에서는 출마를 원하는 해당 주에서 일정한 기간 동안 살아야 한다. 각주마다 다르나, 예를 들어 California는 1년 이상, Florida는 183일, Michigan은 6개월을 요구한다. 그러나 한국에는 그런 조항이 없다. 따라서 본인의 주소와 관련도, 연고도 없는 생면부지의 지역구에 정략 공천이 이루어지기도 한다. 지역주민들은 이러한 후보자를 어떻게 생각할까?

만일 미국에서 한국과 같은 대통령선거를 한다면, 연방정부인 미국에서 주마다 선거 유세를 해야 함에도, 인구수가 적은 시골이나 작은 도시보다는 투표 유권자가 많은 대도시를 위주로 선거운동을 할 것이다. 미 대통령선거에서 국민투표에서는 이겼으나, 선거인단 선거에서 떨어진 두 대통령 후보는 Al Gore(2000년)와 Hillary Clinton(2016년)이 있다.

* 1920년 8월 18일로 여성 참정권 (미국 수정헌법 19조) 흑인은 1965년 투표법이 제정되고서야 비로소 투표권이 미국 전역에서 실질적으로 부여됐다.

**미국이 영국의 식민지로 있을 당시 영국의 13개의 식민지를 단합하여 영국과 전쟁을 일으켜 미국을 독립으로 이끈 9명의 건국의 아버지들: Samuel Adams, Patrick Henry, George Washington, Thomas Paine, Benjamin Franklin, John Adams, Thomas Jefferson, James Madison, and Alexander Hamilton을 말한다.

확증편향(確證偏向)

얼마 전 서초동 대검찰청 앞에서 검찰개혁과 조국을 수호하자는 시위가, 그런가 하면 정반대로 검찰개혁 반대와 조국을 구속하자는 데모가 있었다. 같은 장소에서 상반된 시위가 벌어진 것이다. 이러한 데모 형성을 보면서 "사람은 보고 싶은 것만 보고, 믿고 싶은 것만 믿는다."라는 뜻의 확증편향이 떠올랐다.

'확증편향'은 원래 본인이 가지고 있는 신념이나 생각만을 주장하는 편파된 성향을 말한다. 사람들은 자신의 가치관, 신념, 판단에 부합되는 정보에만 주목하고 자기 생각이나 정치적 지향과 다른 사실에 대해서는 불신한다. 이러한 편향이 일어나는 이유는 같은 생각을 하는 사람들끼리만 교류하면서 자신들의 신념을 뒷받침할 이유만을 쌓아 나갈 뿐, 어떤 반대 증거도 진지하게 검토할 의사를 갖고 있지 않기 때문이다. 이러한 성향은 특히 서로 이해관계가 대립되는 정치적 집단 사이에서 나타나는 경향이 있다.

미국에서 근래에 확증편향(Confirmation bias)에 관한 두 번의 사례가 있었다.

미국에서 정치적인 확증편향이 일어난 것은 1998년과 2019년이었다. 1998년은 빌 클린턴, 2019년은 도널드 트럼프의 탄핵 사건에서 보여준 양당의 움직임이다. 미 헌법에 의하면 탄핵이 결정되기 위해서는 상, 하원 재적인원의 2/3가 찬성을 해야 한다.

1998년 12월에 일어난 Bill Clinton 탄핵의 경우, 두 가지의 탄핵 내용이 있었다. 하지만 당시 공화당 의원이 다수였던 하원에서는 탄핵이 통과되었지만, 반면 민주당 의원이 다수였던 상원에서는 연방 대배심에 거짓말(Lying to a federal grand jury)의 문제는 228:206 그리고 사법 방해(Obstruction of Justice)의 사항은 221:212의 투표 결과로 두 사건이 모두 부결되어 탄핵이 되지 않았다.

트럼프 역시 민주당 의원이 많은 하원에서는 탄핵 의결이 되었으나, 공화당 의원이 많은 상원에서는 Article I 권력의 남용(Abuse of power)은 230:197 그리고 Article II 의회 방해(Obstruction of Congress)는 229:198의 투표 결과로 2020년 2월 5일에 죄가 없음을 선언했다.

미국의 경우, 한 당의 차원에 볼 때 두 탄핵 사건이 법에 저촉되고 탄핵 사유가 된다고 고려되나, 상대편 당에선 그 사건이 탄핵에 해당될 만큼 크지 않기에 문제 삼지 않는 경우다. 이러한 확증편향은 정치적 성향에서 두드러지게 나타난다. 전체를 보고 판단하기보다는 자기 쪽에서 생각하고, 본 사실을 믿고 주장하는 편향된 생각을 나타낸 것이다.

미국의 양당에서 한 번씩 이러한 확증편향이 일어난 이유는 미국의 정치는 한국과 달리, 정당정치를 행하고 있기 때문이다. 미국은 성인이 되면 정당에 가입하게 된다. 그 때문에 성인 대부분은 공화당이나 민주당 당원이 된다.

그러나 한국은 미국과 같이 성인이 되면 기존 정당에 가입하는 것이 아니라, 몇몇 단체 또는 집단들이 모여 정당을 만든다. 과거 역사를 보면, 정치적 성향이 비슷한 집단끼리 정당을 만들기 때문에 정당보다는 집단의 생각이나, 이해관계에 따라 정당들이 계속 바뀌고 만들어지고 있다.

한국으로 눈을 돌려 보면, 박근혜 대통령 당시에는 여당인 한국당 국회의원 일부가 야당에 편승하여 정치 성향의 확증편향이 일어나지 않았고 박근혜 대통령은 탄핵되었다.* 한편, 조국 전 장관의 경우에는 청와대 민정수석 공무원이었기에 탄핵과는 관련이 없으나 확증편향으로 보이는 데모가 있었다.

그동안 신문과 언론에 발표된 내용을 본다면 조국과 배우자는 자녀 입시 비리와 장학금 부정 수수, 사모펀드 비리, 증거 조작 의혹과 관련해 범죄 혐의가 있다고 보고 있다. 물론 범죄 사실은 검찰 수사가 완결되고 재판이 끝나야 알 수 있으나, 신문에 발표된 기사에서는 조국 전 장관이 그 사건들에 혐의가 있는 것으로 알려져 있다.

전 법무부 장관인 조국 임명 시에 문재인 대통령은 "본인이 직접적으로 책임질 불법행위가 드러난 것은 없다."라고 하면서 2019년

8월 9일 조국을 대한민국 법무부 장관 후보로 지명된 이후 여러 사건이 발생했다. 주요 대학교를 중심으로 조국 임명 철회를 요구하는 시위가 시작되었으며 국론 분열이 심화되면서 대규모 집회로 확산되었고, 임명된 지 35일 만인 2019년 10월 14일 조국은 장관직에서 사퇴하였다.

국가의 지도자들은 각종 미디어를 접할 때 일방적인 시각을 자제하고, 자신만의 잣대를 휘둘러서도 안 된다. 정치적인 편향을 벗어나, 제삼자인 국민의 입장에서 최대한 객관적으로 바로 볼 수 있는 마음의 자세, 합리적 사고 방법이 필요하지 않을까?

* 한국은 삼권 분립 국가인 것으로 알고 있는데, 『위키백과』를 본다면: '대한민국헌법은 40조 · 66조 4항 · 101조 1항에서 행정권은 정부에게, 입법권은 국회에, 사법권은 법원에 속하게 함으로써 원칙적으로 삼권분립주의를 규정하고 있다.' 그러나 박근혜 대통령의 탄핵을 본다면 '삼권 분립'에 의문이 간다.

삼권 분립국가인 미국처럼 의회(국회)에서 일어난 일은 의회에서 결정하지, 의회의 결정사항이 다른 부서에서 다시 처리되는 일이 없다. 즉 전 대통령들의 탄핵문제는 국회에서 시작되었고 국회에서 그 일이 끝났다(결정지어졌다). 그러나 한국은 국회에서 처리된 탄핵 사항을 다시 법원(대법관)으로 넘어갔다.

**확증편향의 해결책을 Edward de Bono(1933, Malta, a physician, writer, inventor and consultant)가 개발한 'Six Thinking Hats'을 제

시하고 있다.

주요 내용은 여섯 개의 모자마다 사물을 판단하는 방법을 제시하며, 각 모자들이 가지고 있는 역할을 고찰하면서 주어진 또는 명제를 판단할 모자의 순서를 정하고 그 순서에 따라 모든 사람이 동일한 색깔의 모자를 쓰고 그 모자에 따른 의견을 제시하고, 그에 대한 의견을 수렴하는 방법을 제시한다.

6개의 모자가 내포하는 특정 사고방식을 다양한 각도에서 문제점을 조사하는 병렬적 사고 과정을 밟으면서 상반되는 의견을 서로 나누어 편견 없이, 긍정적인 면에서 조율함으로써 우리는 자신의 생각, 주장, 의견에 긍정적인 결론을 제시한다.

다시 생각해 볼 일들

한국에선 언제부터인가 선거 때마다 거론되는 공약 중 하나가 적폐 청산이다. 국어사전에 적폐란 '오랫동안 옳지 못한 경향이나 해로운 현상, 또는 일이나 행동이 쌓이고 쌓여 뭉친 것을 의미하며, 이처럼 오랜 시간 동안 이어진 좋지 않은 사회적 풍습을 가리킨다.'라고 쓰여 있다. 적폐 청산이라는 단어를 읽으며 몇 가지 생각난 사건들을 살펴보았다.

지난 2019년 10월 21자 동이일보 사설에 '백주 대낮에 뚫린 미국 대사관저, 지켜보기만 한 한심한 경찰'이라는 제목의 글이 실렸다. 기사 내용은 "한국 대학생 진보연합 학생들은 10월 18일 미국의 방위비 분담금 인상에 반대한다며 이들이 준비한 사다리를 타고 관저 담벼락을 넘었다. 주한 미국 대사관저에 침입한 뒤 관저 현관에서 '해리스는 이 땅을 떠나라.' '미군 지원금 5배 인상 규탄' 등 반미 구호를 1시간 넘게 외쳤다. 경찰은 관저 안에서 남성들만 끌어내고, 성추행 시비를 우려해 여경 부대가 올 때까지 여성들을 포위한 채

40여 분간 기다렸다."라는 기사이다.

신문에 난 사진을 보면서 가장 어이없다고 여겨진 점은 경찰이 데모하는 학생들이 미 대사관에 침입하는 광경을 지켜보고 있는 모습이다. 경찰은 학생들이 준비한 사다리 2개로 줄줄이 담을 타고 올라가는 것을 보면서도 저지하지 않고, 누군가와 전화를 하고 있다. 또 다른 경찰은 데모 인과 서로 붙잡고 실랑이하는 모습이다. 외국 공관을 제대로 지키지는 못하면서 법을 위반한 침입자가 다칠까 봐 막지 않았다는 경찰의 말을 어떻게 이해해야 할지 무척 어렵다. 기사 말미에는 '청와대 담장을 넘어도 다칠까 봐 지켜만 볼 것인가?'라고 쓰여 있었다.

또 다른 경찰의 모습은 데모군중에 얻어맞고 있는 장면이다. 이러한 모습은 법치국가에서는 희극이 아닌 비극일 수밖에 없다고 사료된다. 맞고 있는 경찰을 그냥 보고 있는 상급 경찰들은 어떠한 생각을 하고 있는지 궁금하다. 어찌 법을 지키는 경찰이 왜 얻어맞고 있어야 하는지, 더욱이 법치국가에서….

데모에 관한 법률 상식은 없으나 당국의 허가 없이 시위나 데모를 하면서 도로를 점령하여 대중교통을 마비시키는 행위는 불법이다. 또는 회사 직원들이 공공장소가 아닌 개인 소유의 회사 내에서 데모하고, 더욱이 건물을 침입하고 점령하며, 농성하고, 회사 건물을 파손하는 행위 등은 분명 법을 위반하는 행위라고 생각된다.

만일 회사 내에서 데모하는 대원 중에 그 누가 빚을 져서 돈 받을 사람이 그 대원의 집 안에서 행패를 부린다면 그 대원은 방관만 하고 있을 것인가. 아무리 화가 나도 자기만 생각하지 않고, 상대의 처지에서 생각해 보는 배려하는 마음이 필요하다고 생각된다. 그것이 올바른 사회생활이다.

이러한 시위를 저지하지 못하는 이유는 무엇이고, 그 상황을 쳐다만 보고 있는 한국 경찰의 모습을 이해할 수가 없다. 법치국가인 대한민국에서 20여 년 전이나 지금이나 별반 달라지지 않은 데모 시위대와 이를 대처하는 경찰들의 모습을 바라보며, 이것 또한 크나큰 적폐가 아닌가 싶다.

몇 년 전, 한국을 방문했을 때 아파트단지에 사는 친우 집에 머물렀다. 그 단지 내에 잘 꾸며진 정원과 더불어 아파트가 여러 채 있었고, 길 건너편에 초등학교가 있었다. 학교 앞길 건널목에는 '일단 멈춤 표시판'과 신호등이 있었다. '일단 멈춤 표시판'은 사람이 건너오면 물론이고. 사람이 건너오지 않아도 자동차는 일단 정지한 다음에 다시 출발하라는 의미다.

그러나 차는 사람이 없으면 멈추시 않고 그냥 가는 것은 물론 정해진 서행 구간에서도 속도를 줄이지 않았다. 심지어 붉은 신호등에서도 건너는 사람이 없으면 그냥 지나가는 차들을 가끔 볼 수 있었다.

친우 집에서 나온 쓰레기를 처리하는 분리수거를 보면서 놀랐다. 미국에서는 쓰레기를 세 종류로 구분하고 있다. 각 개인 집에 일반 쓰레기를 넣는 '회색 통', 풀이나 나뭇잎, 또는 잡초를 넣는 '초록색 통', 그리고 재활용을 할 수 있는 플라스틱, 유리, 종이 등을 담는 '파란색 통'이 그것이다.

그러나 이곳에서는 재활용 쓰레기를 함께 담지 않고 각기 따로 분리하여 종이, 유리병, 플라스틱 물건들을 각기 담으며, 더욱이 쓰레기를 담아 넣었던 플라스틱 주머니마저 쓰레기를 꺼낸 다음에 다시 플라스틱 통에 넣는 것을 보고 감탄했다.

시민들이 재활용품을 다시 종류에 따라 분류함으로써 좀 불편하지만, 이 쓰레기를 가지고 가는 재활용센터에 커다란 도움을 주는 주민들의 배려하는 좋은 모습이다.

집에서 쓰레기 처리를 '쓰레기를 분리수거' 규정에 따라 잘하듯이, 밖에서도 그렇게 법을 지키는 국민이 되고, 사회나 국가 역시 그렇게 법을 지킨다면 한국의 장래는 그 어느 나라보다 살기 좋은 나라가 된다고 믿는다.

다시 한번 신중히 생각해야 할 중요한 과제는, 어느 나라나 정해진 법규, 제도를 잘 지키는 일은 국민의 의무라는 것이다.

마지막 강의

한국항공우주연구소(한우연)의 초청으로 나는 1993년에 Project Management와 Cost Estimating(비용 또는 원가측정)에 대해 첫 강의를 했다. 그 후 20여 년간 여러 기관에서 이에 관한 강의를 했는데 2019년 5월 국방과학연구소에서 마지막으로 강의를 했다. 은퇴한 지 3년이 지난 78세의 나를 초청해줘서 감사했다.

1993년 한국과 중국이 합작하여 100인승 민간 비행기 200여 대를 만들 계획을 양국 정부가 계약체결이 아닌 메모로 확정했다. 한국 정부는 그 프로그램을 위해서 정부를 대신하는 '항우연'과 민간 항공 업체들 삼성항공, 대한항공, 대우항공이 합쳐서 한국을 대표하는 항공업체를 만들 계획이었다. 당시 항우연 소장님이 경험이 많은 엔지니어들을 한국에 초청하기 위해 New York, Seattle을 거쳐 LA를 방문했다.

LA에서 소장님이 주최하는 모임에 같은 Boeing 회사의 방위산업에서 일하고 있던 선배 엔지니어와 함께 참석했다. 나는 모임에서 각자 소개 시간에 프로젝트 매니지먼트와 원가측정 분야에서 15년 넘게 일하고 있다고 말했다. 몇 달 후 한국 대덕에 있는 항우연에서 '프로젝트 매니지먼트와 원가측정'에 관한 세미나 초청을 받은 것이 한국 여러 방위업체에서 강의하게 된 계기가 되었다.

강연장에는 항우연 직원뿐만 아니라 원가측정에 관심 있는 여러 기업체에서 80여 명이 참석했다. 그동안 한국은 외국에서 만들어진 완제품을 구매하여 왔기 때문에 한국에서 필요했던 것은 원가정보다는 원가분석(Cost Analysis)에 관심이 많았다. 즉 어떤 제품을 만드는데 소요된 엔지니어링 시간이 얼마이고, 시간당 금액이 얼마이며, 그 물건을 만드는데 소요된 자료 가격이 얼마인가 등을 분석하는 원가분석이 필요했다. 이러한 내용을 알고 있으면 외국에서 어떤 무기를 구매하기 위한 가격협상 하는 데 큰 도움이 된다. 그러나 중국과 100인승 민간용 비행기를 만들기 위해서는 원가분석보다는 제품을 만드는데 소요되는 cost estimate(원가 측정방법 혹은 비용측정)이 필요했다.

비용측정 강의내용은 비행기 제조에 참여하는 각 엔지니어링 부서마다 일하는 성격이 달라 그 비용측정 방법 역시 부서마다 달라야 한다는 내용이었다. 더욱이 여러 회사가 동일한 획일적인 비용측정 모델을 사용하기보다는 각 회사의 인적 구성도, 제작과정도 서로 상이하기에 그 회사에 맞는 자체 비용측정모델을 만들어 사용해야 한다고 강조했다.

대덕에 있는 국방과학연구소에서 마지막 강의를 마치고 서울로 올

라오는 길에 지난 여러 강의를 되돌아보며 떠오르는 생각을 적어 보
았다.

3부

태평양 건너 언덕 위에서

흐르는 세월 속에 은퇴한 지 벌써 4년이 흘렀다.
이러한 일들이 지나간 커다란 발자취다.
오늘도 바다 따라 파란 하늘에 크고 조그만 동그라미를
자꾸자꾸 그리며 걷고 있다.
흘러가는 파도에 지난 추억 보내고,
밀려오는 파도에 새로운 꿈을 꾸며 포효하는
파도 소리에 내 마음 던져 본다.

바닷가에서 걷고 뛰면서

오늘도 길게 펼쳐진 레돈도 비치의 백사장을 달리고 있다. 검푸른 태평양 바다, 파도가 포효하고 푸른 하늘에 갈매기가 날고 있다. 파도와 새소리를 들으면서 2시간 넘게 달리다 보니, 점점 얼굴에서 땀이 흘러내리더니 어느새 온몸이 땀으로 흠뻑 젖는다.

나는 특별히 잘하는 운동은 없으나 운동 자체를 좋아해서 배구도 농구도 즐겼다. 고등학교 2학년 때 태권도는 초단으로 승단했다. 이곳에서 대학을 다닐 때도 운동이 하고 싶어 체육관에서 학생들과 어울려 태권도를 함께 했다.

1970년 초는 조깅이 유행했다. 신문이나 운동 잡지에 조깅에 대한 정보가 여러 번 나왔다. 조깅은 일정한 속도를 유지하면서 건강 유지의 목적으로 천천히 달리는, 일종의 유산소 운동이다. 아침 공복에 15~30분 정도의 운동은 장 건강에 좋으며 기억력 증강, 엔도르핀 분비 유도, 기억력 집중력 향상, 뇌 건강과 정신건강 향상 등 신체 여러 면에서 좋다고 한다.

새벽 5시에 일어나. 일주일에 3일(월, 수, 금) 동네 길을 30여 분 뛰고 나서 7시에 출근했다. 뛰는 걸 좋아해서 어디를 가든지 일찍 일어나 뛰었다. 어느 해 겨울 세미나 차 간 한국에서 영하 10도가 되는 새벽에 호텔 주위를 뛴 적도 있다. 외국에 여행을 떠날 때에도 운동화는 꼭 챙기곤 했다.

우연히 찰스 드히그(Charles Duhigg)가 쓴 책『습관의 힘』을 읽고는 내가 아침에 뛰는 것이 습관화된 과정을 생각해 보았다. 드히그는 어느 일이 습관화되기 위해서는 세 단계의 연속된 과정 즉 신호, 반복되는 행동, 그리고 보상(고리)으로 이루어진다고 한다.

조깅을 시작한 것은 호기심에서 시작했지만, 게으른 사람에게 좋은 운동이라고 생각했다. 별다른 준비 없이 아침잠에서 눈 비비며 일어나 운동화만 신고 길로 뛰어나가면 된다. 아마 이러한 움직임이 첫 번째인 단계인 '신호'인지도 모른다.

아침 일찍 뛰면 맑은 공기에 기분이 상쾌하고, 더욱이 뛰면서 생각하면 잡념이 적어 좋다. 회사 일이나 생활의 설계 등을 생각하고, 새로운 아이디어도 얻을 수 있다. 뛰면 하체 근육이 발달해 건강에 유익하고, 폐활량이 커져 신진대사에도 도움이 된다. 또 마음에 근심이 있거나 커다란 고민이 있을 때도 뛰면서 마음의 평온을 찾으려고 노력했다. 이러한 행위가 두 번째 고리인 '반복되는 행동'에 부합되는 것 같기도 하다.

뛰고 나면 기분이 좋고, 본인이 정한 구간을 뛰었다는 성취감을 느낀다. 이러한 상태가 세 번째 고리인 '보상'인 셈이다. 즉 뇌가 반복하고 있는 일이 계속할 가치가 있다고 판단하는 단계를 말한다. 일주일에 세 번 조깅하는 이유는 운동은 48시간 이내에 반복을 해야 운동의 지속성이 있다고 한다.

60대 중반에 한인 성당에 나가면서 성당 친우들과 함께 마라톤팀 (South Bay Running Team)을 만들면서 매주 토요일에는 마라톤에 관한 연습을 시작했다. 실질적인 훈련을 시작한 지 3개월 후, 이곳저곳에서 시행되는 하프 마라톤에 10번 넘게 참석했다.

76세 때 3번이나 참석한 Long Beach 하프 마라톤을 마지막으로, 먼 거리를 뛰는 것이 힘들어 더는 마라톤에는 참가하지 않고 있다. 마라톤은 내가 돈을 내고, 뛰느라고 힘들어하는 얄궂은 운동이다. 물론 목표를 정하고 그 목표를 완성했다는 성취감 때문이지만.

나는 인천에서 태어나 자랐기에 바다를 좋아한다.

이른 아침 안개를 머금고 올라오는 신선한 바다 공기를 마시며 바닷가를 뛰는 마음 상쾌하고, 모래를 뒤엎으며 밀려오는 파도 소리는 내가 깨어 있음을 알려준다.

저 멀리 하늘과 파란 바다가 만나는 지평선 너머 감추어져 있는 동경과 신비함에 내 마음 빼앗기고, 파도 따라 움직이는 sandpiper 들에 동심을 심어본다.

이러한 것들이 나를 자꾸 바다로 부르고, 지금도 이렇게 뛰고, 걷고 있나 보다. 이제는 토요일에는 SBRT 멤버로 2시간 넘게 레돈도 바닷가 옆에서 걸으며, 가끔 뛰고 있다.

일요일에는 1시간 넘게 걷고 있다. 운동이 끝난 후에 푸른 태평양 바다를 보며 Tai Chi를 하며 맑은 공기와 더불어 시간을 보낸다.

흐르는 땀을 닦는다. 운동에 행복은 덤으로 따라오나 보다.

문방사우(文房四友)

50세가 되던 어느 날 죽음을 준비하자는 생각이 들었다. 그 어느 날인가 나이가 많아 운전도 못 하고, 눈이 불편해 책도 제대로 읽지 못할 때가 분명히 올 것이다. 그때 주어진 시간을 잘 보낼 수 있는 일이 무엇이 있을까 궁리하다 서예를 시작했다.

20대에 우연한 기회에 유화를 취미 삼아 지금도 가끔 그림을 그리고 있지만, 유화는 여러 붓을 사용한다. 그림을 끝낸 후 여러 붓에 묻어 있는 Oil을 paint thinner로 닦아내고 다시 비누로 빨아야 하는 번거로움이 있다. 그러나 서예는 단지 붓 하나만 물로 깨끗이 씻으면 된다.

또 그림을 그리기 위해서는 때로는 야외로 나가야 하고, 집에서도 그림을 그릴 장소가 있어야 한다. 그리고 이젤을 세우고 캔버스와 물감을 준비하는 등 일이 많다. 반면 서예는 먹물과 붓만 있으면 책상 또는 식탁 위에서도 작업할 수 있다. 그래서 붓글씨를 시작했다. 어떻게 보면 게으름의 발로다. 이렇게 붓과 벼루를 가까이한 지도

30여 년에 가깝게 다가서고 있다.

서예란 붓과 종이, 먹을 이용하여 글씨의 아름다움을 종이 위에 표현하는 시각 예술로 간주된다. 글씨체에는 예서, 행서, 해서, 초서가 있음을 알았다. 서예에 심취하다 보면 마음의 평정을 가져다주는 정신수양의 수단이 되기도 한다. 이런 측면에서 서도라고 불리나 보다. 예로부터 선비들은 종이, 붓, 먹, 벼루의 4가지를 소중히 여기며 이를 문방사우(文房四友)라고 불렀다. 얼마나 애지중지하고 가깝게 지냈으면 이를 친구(友)라 칭했을까?

서예 시작은 30여 년 전에 시작했다. LA에서 동쪽으로 50여 분 떨어져 있는 Hacienda Height에 사는 중국 분을 소개받았다. 그 당시 서예에 대해 일반적인 상식이 없었고 한인타운과는 생활의 거리가 멀어 한국 동포들과 교류가 거의 없었다. LA 한인타운에서 우리 동포가 붓글씨를 가르친다는 생각은 하지도 못했다.

매주 목요일에는 회사가 있는 Long Beach에서 일을 마치고 LA에 사시는 부모님 댁에서 저녁 식사를 함께 했다. 그리고 Hacienda Height에 가서 서예 공부를 하고 레돈도 비치에 있는 우리 집으로 돌아오는 일을 5년간 했다. 이렇듯 목요일 하루를 자동차로 다니는 거리가 100여 마일이었다.

선생님은 당시 Hacienda Height에 있는 절에서 주말에 중국 어린이들에게 붓글씨를 가르치고 있었다. 서예는 붓 잡는 법과 글 쓰는 바른 자세를 배우면서 시작했다. 선생님이 써주는 체본을 받아 집에서 연습하고, 집에서 쓴 글씨를 선생님의 평을 들으며 해서를 공부했다.

그 후 개인 사정으로 15여 년간 붓을 놓고 있다가 Torrance에 있는 백삼위 한인 성당에 나가면서 서예 선생님을 초청하여 매주 일요일 백삼위 성당에서 신자들과 더불어 붓글씨 공부를 다시 시작했다. 서예 공부는 예서부터 시작하여 사군자도 하면서 신자들과 함께 7년간 공부했다. 한문 실력이 별로 없어 예서를 끝내고 초서는 힘들어서 못 하고 대신 한글 예서체를 공부했다. 103세에 돌아가신 어머니의 추모 글을 붓글씨로 쓰기도 했다.

집에서 일주일에 한두 번은 클래식 음악을 들으면서 붓을 잡으면 2~3시간은 순식간에 흘러간다. 먹물에 젖은 붓으로 화선지에 선을 그리면서 만들어지는 글씨를 보면서 즐거움을 느낀다. 음악을 들으며 붓을 잡으면 마음이 차분해져서 좋고 더욱이 하나의 작품을 만들었다는 성취감도 즐기고 있다.

우연한 기회에 한국에서 유행하고 있는 캘리그라피를 접할 기회가 있었다. 캘리그라피를 큰 틀에서 보면 서예와 같이 사람이 손으로 글씨를 쓸 때 선 하나하나에 감정, 생각, 기분 등을 넣어 문자 자체가 아닌 하나의 예술로 발전되는 선의 예술이라고 볼 수 있다. 서예를 온건파의 글이라면, 캘리그라피는 개혁파에 속한다고 생각된다. 기회가 있으면 캘리그라피를 배우고 싶다.

매년 9월에는 백삼위 한인 성당 창립기념 행사가 있다. 창립기념 행사와 더불어 신자들의 그림, 사진과 함께 서예 작품을 모아 예술 작품 전시회를 한다.

2019년 가을에는 29회 LA 미주 한인 서예협회전에도 출품했다.

주님제가 바꿀수 없는 일들은 받아들일 마음의 평화를 주시고 제가 변화시킬 수 있는 일을 위해서는 그것에도 전하는 용기를 주시고 그 둘을 구분할 수 있는 지혜를 주소서

프란치스코 성인 기도문
이천십칠년 초섭에

이병덕 라파엘

붓 하나만 잡으면 두세 시간 동안 서예나 사군자를 치면서 창조적이고, 생산적인 시간을 보낼 수 있어 좋다. 오늘은 비발디의 『사계』 봄, 여름, 가을, 겨울을 들으며 프란체스코 성인의 기도문을 써 보았다. 마음의 평화가 붓끝을 통해 마음에 전달된다.

태평양 건너 언덕 위에서

태평양 연안에 있는 언덕 위에 산다. Redondo Beach 시는 LA 다운타운에서 남서쪽으로 약 20마일 떨어진 곳이다. 근래 인구조사에 따르면, 68,697명이 살고 있다. 이곳은 고운 모래사장이 해변에 펼쳐지고, 해변 길 따라 아름다운 집들이 연이어진다. 내륙으로 조금 들어오면 유난히 언덕길이 많고 길 양편에 들어서 있는 서로 다른 모양의 집들이 조화롭다. 이곳 해변에서 좀 떨어진 이 집에서 1980년도부터 40년 넘게 살고 있다.

인천에서 태어나 어린 시절 서해의 짠물과 갯벌에서 뛰어놀던 그리움이 항상 마음속에 남아있어서인지, 이곳 바닷가로 자주 나가 모래사장을 걷기도 하고 뛰기도 한다. 파란 하늘에 그림을 그리고 낙서도 하며 바닷새들과 어울려 땀 흘리며 뛰는 기분은 최고조에 이른다. 오늘도 밀려오는 파도를 따라 해변을 걷고 뛰며 지나간 인생의 여정을 되짚어 본다.

1970년 6월 초, 꿈과 용기를 가지고 미국 유학길에 올랐다. 미국 유학의 꿈은 박사학위를 마친 후 귀국하여 다니던 은행에 다시 돌아가던가, 대학 강단에 서는 것이 나의 계획이었다.

그 당시 김포공항에서 미국으로 직행하는 비행기가 없어, 일본 하네다공항에서 Boeing 747로 갈아타고, 호놀룰루를 경유하여 Los Angeles(LA)에 도착했다. 다음 날 미 국내선으로 아무도 기다리는 사람 없는 San Francisco(SF) 공항에 두 개의 손가방을 들고 도착한 것이 미국 생활의 첫걸음이었다.

어느 날 LA지역 한국일보 신문에서 고등학교 친우가 운영하는 주유소 광고를 보고, SF에서 만든 Social Security Card 한 장을 손에 쥐고 친구들이 있는 LA로 내려왔다. 학교에 가기 전까지 LA에 머무르며 미국 생활에 적응하고 있었다.

아파트에 살면서 한국에서는 들어보지도 못한 room-mate란 개념을 알게 되었고, 아파트 생활을 배우기 시작했다. 당시 방 Rent비는 $80이었고, 자동차 가스 가격은 한 개론당 25센트였다. 자취생활을 하면서 한국 마켓이 없어 일본 마켓을 이용했다. 학교 가기 전에 빌딩청소, Commercial artist, 그리고 주유소 등에서 일하며 학교 갈 준비를 하고 있었다.

학기에 맞추어 예정된 학교인 Provo, Utah에 있는 Brigham Young University에 갔다. 생각하지도 못한 일이 일어났다. 학교 내에서는 물론 학교 타운에서도 학생이 술을 마시거나 담배를 피우면 안 된다는 규칙은 그렇지 않아도 힘든 학교생활에서 더욱 나를 더욱 힘들게 만들었다.

Illinois주 Bloomington-Normal에 있는 Illinois State Univer-sity(ISU)에 입학 신청을 했고 다행히 학비 면제장학금을 받았다. 봄학기를 마친 어느 날 Greyhound Bus에 몸을 싣고 시카고로 떠났다.

시카고 외곽에 있는 자동차 부속품 공장에서 일하면서 학교에 갈 준비를 하고 있었다. 개학 하루 전 ISU 기숙사에 도착했고, 다음 날 강의를 들어야 했다. 영어 때문에 많이 힘들었고 때로는 미국 학생 노트에 의존해 공부도 했다.

하루는 강의시간에 맞추어 강의실에 갔으나, 페루에서 온 학생과 나뿐, 다른 학생은 아무도 없었다. 나중에 안 사실이지만, 바로 전주 강의시간에 유대인 교수가 강의 중에 "다음 주 목요일에는 욤 키푸르(Yom kippur*)이니 수업은 없다."라는 말을 외국에서 온 우리 둘만 그 말을 제대로 알아듣지 못하고 강의실에 나온 것이었다.

첫 학기가 끝나고 경제과 학장 사무실의 연락을 받고 찾아갔는데 생각지도 못한 장학금(Research Assistant Scholarship)을 받았다. 기쁨이 정말로 컸다. 언어 때문에 대학교에서 강의는 못 하고, 대신 교수를 도와주는 일을 했다. 장학금 덕택에 여름방학 동안 생활비를 마련하기 위해 시카고에 있는 공장에서 번 돈으로 자동차를 샀다. 대부분 도서실에서 시간을 보냈지만, Bloomington Lake에 가서 그림을 그리기도 했고, 서울 '일요 아마추어미술 전시회'에 작품도 보냈다.

외로움과 호기심에서 같은 기숙사에 있던 예쁜 백인 여성을 만났다. 공부를 마치고 귀국할 계획이었으나, 힘들게 이를 포기하고, 학교 내에 있는 성당에서 결혼식을 올렸다. 신혼여행은 가지도 못하고 다음 날 등교하면서 아름다운 학생 부부의 결혼 생활은 시작되었다. 학교 졸업 후 직장 인터뷰 때문에 SF로 거처를 옮겼고, 다시 LA로 돌아왔다.

바다가 그리웠고, 좋아하기에 Redondo Beach에 자리를 잡아 지금에 이르고 있다. 학생 부부로 시작한 아름다웠던 23년간 결혼 생활은 이혼의 아픔으로 이어졌고, 재혼의 새로운 출발도 했다. Long Beach에 있던 Boeing(C-17 Program)사에 37년 넘게 405 Freeway를 달리며 출, 퇴근했다. 회사에 다니면서 유학 올 때 꿈이었던 박사학위도 뒤늦게 받았다.

흐르는 세월 속에 은퇴한 지 벌써 4년이 흘렀다. 이러한 일들이 지나간 커다란 발자취다. 오늘도 바다 따라 파란 하늘에 크고 조그만 동그라미를 자꾸자꾸 그리며 걷고 있다. 흘러가는 파도에 지난 추억 보내고, 밀려오는 파도에 새로운 꿈을 꾸며 포효하는 파도 소리에 내 마음 던져 본다.

이곳 생활 속에서 녀석의 여정은 이렇게 계속되고 있다. 집에 돌아와 모처럼 거울 앞에서 나도 모르게 흘러나오는 소리,
"그래, 모래사장 긴 발자국 따라, 너도 이제는 늙었구나!"

* 욤 키푸르는 유대교의 속죄 일이며, 그레고리력에서는 9월 또는 10월에 속하며 '죄 사함을 받는 대속의 날'이라는 뜻이다. 이 날은 이스라엘의 법정 공휴일이다.

건강을 저축하자

40대에 South Bay Adult School에서 Tai Chi를 배웠다. 고등학교 시절 학교에서 배운 태권도와 다른 면이 많았다. 매력적이었다. 첫째 Tai Chi 동작들이 태권도보다 서서히 움직이고 또한 그 움직임에 매우 유연성이 있다. 다음으로는 동작 하나하나가 우리 몸의 관절을 모두 움직여 주고, 끝으로 그 동작들이 호흡과 연관을 맺어 몸에 기를 넣어 준다는 말에 많은 관심을 가졌다. 나이가 편하게 할 수 있는 좋은 운농이라고 생각이 들었다.

주위에서 갑자기 허리가 아프다거나, 무릎이 아프다는 말을 가끔 듣는다. 나이가 들면서 몸이 조금씩 쇠약해 가고 있음은 분명한 사실이다. 그러나 의문이 되는 점은 우리 몸의 일부가 그렇게 '갑자기 아플까?' 하는 것이다.

그런 사람들이 허리나 무릎 등의 운동을 계속하고 있었는지? 아마도 평소에 운동을 계속하지 않았기 때문에 노년에 접어들면서 그렇게 갑자기 아픈 것이 아닌가 하는 의문이 든다.

우리는 열심히 일하며 현재의 생활과 더불어 노년의 생활을 경제적으로 대비하고 있는 것처럼, 운동 역시 노년의 건강을 위해서 젊어서부터 꾸준히 하는 것이 매우 중요하다. 경제적 풍요는 생활에 편리는 주나, 행복한 삶의 필수조건은 아니다. 그러나 건강은 우리 생활을 행복하게 만드는 요소 중에 하나다. 내일의 은퇴를 위해 돈을 저축하고 있듯이 같은 맥락에서 오늘의 운동이 내일의 건강을 약속하기에 건강도 저축하자는 것이다.

'지금도 결코 늦지 않다.'라는 말이 있듯이, 젊어서 운동을 하지 않았더라도 지금부터 각자가 좋아하는 운동을 하루에 적어도 30분씩, 일주일에 세 번이나 네 번 운동을 한다면 건강에 도움을 줄 것이다. 그리고 운동은 48시간 이내에 반복해야 지속성이 있다고 한다.

얼마 전 뉴욕대학에서 뇌에 관한 연구하고 있는 신경과학자인 Dr. Wendy Suzuki(*)가 정신건강에 관한 강연하는 것을 TED (Technology, Entertainment and Design)를 통해서 들었다. 운동으로 육체적 건강은 물론 뇌에도 매우 좋은 영향을 준다고 한다. 즉 운동을 하면 기분이 상쾌해지고 또한 기억력을 활성화하는 효과를 만든다. 더욱이 우리가 걱정하고 있는 치매, 우울증, 그리고 알츠하이머 등 병 예방에 좋으며 더불어 몸이 건강해진다는 강의를 했다.

Dr. Wendy의 연구에 따르면, 적어도 하루에 30여 분 정도의 빠른 걷기운동은 우리 뇌에 전전두엽 피질(prefrontal cortex)과 측두엽 그리고 측두엽 내에 있는 해마**를 자극해서 기억에 좋은 영향을 준다고 한다. 이는 곧 우리가 적당한 운동을 하면 우리 삶에 즐거움과 행복을 주어 우리의 삶을 더 나은 궤도에 올려놓는다는 설명이다.

의사들은 나이 든 사람에게 적당한 근육운동을 적극 권장한다. 근력운동을 하면 근육의 힘이 늘어나고 더욱이 관절 근처의 근육이 강해지기 때문에 관절이 튼튼해지는 효과가 있고 특히 무릎과 허리에 좋은 효과를 볼 수 있다.

나이가 많이 들어서도 계속할 수 있는 운동이면 더욱 보람될 것이다. 우리가 할 수 있는 탁구, 정구, 골프, 자전거 타기, 러닝 등이 있다. 그러나 중요한 것은 나이를 들어도 계속할 수 있는 운동, 예를 든다면, 하루에 30분 내지 한 시간의 빨리 걷기, 요가, 수영, Tai Chi 등이 있다. 자기에게 맞는 운동을 찾아 지속적으로 하면 좋다.

회사에 다닐 때는 아침 새벽 5시에 일어나 일주일에 3번(월, 수, 금요일)은 30여 분 동네를 뛰고, Gym에 들러 사우나와 샤워만 하고 출근했다. 선물 이 층에 근육 운동하는 기구들이 있었으나 출근 시간 때문에 근육운동을 할 수가 없었다.

은퇴한 지금은 일주일에 세 번 뛰는 대신 새벽 5시 반경 Gym에 도착해서 네 가지 서로 다른 운동기구(Station)를 사용하여 운동하는데 한 Station에서 근육운동을 하고, 다음에는 하체 운동인 스쿼트(Squat)와 런지(Lunge)를 한다. 이처럼 한 운동기구에서 앞가슴 근육운동, 스쿼트와 런지, 이 세 가지 운동을 한 세트(set)로 한 운동기구에서 세 번을 하게 된다. 이러한 운동을 4가지 다른 운동기구에서 하고 있다.

처음 운동을 시작할 때에 양쪽에 45 1/b씩 달린 운동기구를 32씩 앞으로 밀며, 즉 매번 1부터 32까지 헤아리면서 반복 운동을 했다. 어느 날 걸어가면서 혼자서 숫자를 헤아리며 중얼거리는 나 자신을 발견했다.

그러다가 문득 움직이는 동작을 숫자로 헤아리기보다는 '언어'로 헤아림을 대신하면 어떨까 하는 생각이 들었다. 즉 1부터 32까지를 숫자로 헤아림이 아니라 "오늘도 새로운 날입니다. 오늘도 건강한 날입니다. 건강한 날 O.K 하나, 둘, 셋, 네, 네, 네" 이렇게 이야기 하면서 무거운 기구를 앞으로 밀면 32번이 된다. 그리고 언어로 헤 아림도 같은 언어를 사용하지 않고 다른 새로운 단어 세 마디의 형용 사를 바꾸어 '감사한' 또는 '행복한' 등과 같은 마음에 평화를 주는 언어로 바꾸어 주니 나 자신에게 최면술이 되기도 한다. 이렇게 한 운동기구에서 세 세트씩 네 개의 기구에서 운동을 하면 2시간여 정 도 걸린다.

그런데 어느 날부터 신체에 변화가 오기 시작했다. 내 일생에서 가장 큰 앞가슴(38.5인치)과 팔뚝 근육을 갖고 있으며 허리 역시 33.5인치에서 32인치로 줄었다. 동적인 운동과 더불어 정적인 운동 인 Tai Chi를 배우기 위해 매주 월요일과 목요일 저녁에 도장에 다 니고 있는 지도 일 년이 지나고 있다.

매일 운동을 하며 건강을 저축한다. 더불어 긍정적인 단어로 마음 의 건강도 챙긴다. 젊은 마음을 갖게 된다. 감사드린다.

* Dr. Wendy Suzuki 은 뉴욕대학에서 신경과학 및 심리학 교수이며, 저서로 잘 알려진 Healthy Brain, Happy Life가 있다.

** 해마는 우리에게 자제력, 자기 인식, 의사결정, 계획형성, 이성적 사고, 상황 판단, 논리적 판단, 해결책 마련, 추리려 등 고도의 인지능력을 수행하는 곳이다. 측두엽이 손상을 입으면 실어증이 나타나면, 사물이나 사람 얼굴을 알아보지 못하게 된다.

해마체(海馬體)는 해마(海馬, hippocampus)라고도 불리며 측두엽의 양쪽에 2개가 존재하는데 좌측 해마는 최근의 일을 기억하고 우측 해마는 태어난 이후의 모든 일을 기억하는 것으로 알려져 있다.

그림 그리기

눈앞에 펼쳐져 있는 산과 들의 풍경을 두 손가락으로 만든 4각형을 통해 바라보며 구도를 잡는다. 보이는 구도 안에서 하늘과 산과 들을 갈라놓고 물체들의 어둡고 밝은색을 캔버스에 옮기며 그림은 시작된다. 보이는 물체 색깔에다 내 마음의 색깔을 섞어 넣으면서 서서히 완성된다.

가을 어느 날 구름 한 점 없는 파란 하늘을 바라보다가 불현듯 그림을 시작한 동기를 떠올려 봤다.

지금은 전철이 인천−서울로 다니지만, 1959년 서울로 통학할 때만 해도 석탄을 태워 운행하는 증기기관차가 다녔다. 한 시간 마다 운행하였지만, 학교 수업이 끝나고 기차를 제시간에 타기가 쉽지 않았다. 수업이 끝나고 버스를 타고 서울역을 향하다가 기차 탈 시간이 많이 남기도 했다. 그러면 열차대합실에서 기다리기보다는 소공동에 있는 미국 공보관에 종종 들러 전시된 사진을 즐겨 보곤 했다.

1965년 대학을 졸업하고 1년 정도 일본 교토에 머물렀다. 어느 주말 교토 니조성에 들렀을 때다. 아이들과 부모가 함께 그림을 그리고 있는 모습이 무척이나 아름답고 특별하게 다가왔다. 처음에는 아이들을 위해 사원에 왔으나, 함께 그림을 그려보니 재미있어 온 가족이 함께 그림을 그린다고 한다.

우리는 큰집이어서 할머니 할아버지와 함께 살았다. 할머니는 60세 중반에 돌아가시고, 내가 일본에서 돌아왔을 때 할아버지의 연세는 80 중반이 넘었다. 주위 친우분들께서 돌아가시고, 혼자 남아 화투로 일진(그날의 운수)을 보며 시간을 보내는 모습이 무척이나 쓸쓸해 보였다. 때로는 안쓰러워 사랑방에 내려가 함께 자기도 했지만, 할아버지와 아무런 대화를 할 수 없음을 느꼈다. 할아버지와 나눌 수 있는 대화는 단지 외출할 때 그리고 돌아와서 할아버지께 드리는 문안 인사뿐이었다.

그러던 어느 날 문득 일본에서 '온 가족이 함께 그림 그리던 장면'이 머리에 떠올랐다. 외로이 계시는 할아버지를 보면서 "그 언제인가 나도 손자나 손녀하고 세대 차이로 대화는 못 해도, 손자들과 그림을 함께 그리면서 어울릴 수가 있겠다."라는 생각이 들었다.

상업은행 소공동 본점에 근무하던 1965년, 일요 아마추어 화가 모임에 참가하면서 처음으로 유화를 시작했다. 전 김종필 총재가 명예회장이었고 지도교수로 이마동, 김인승 교수가 잠시 있었고, 주로 오승우 그리고 박광진 등 화가들이 지도교수로 계셨다.

사실 나는 고등학교 미술 시간 이외에는 그림을 그린 기억이 없다. 물론 학교 다닐 때 미술반에서 활동도 하지 않았고, 그림에 대한 기초적인 상식도 없었다. 데생 공부도 그림을 개인적으로 그려본 적도 없었다.

주말이면 일요 아마추어 화가 모임에서 대절한 버스를 타고 멀리 소양강으로 나가거나, 서울 근교나 비원 등에서 풍경화를 그리곤 했다. 언젠가는 워커힐 힐탑 바에서 내려다보이는 한강과 주변의 풍경을 그리던 생각이 떠오른다. 때로는 혼자서 인천에서 선창가 모습을 캔버스에 옮겨 놓기도 했다.

어느 날 삼국통일을 이룬 신라 30대 왕인 문무왕의 수중 무덤이 바다에 있는 대왕암에서 발견됐다는 기사를 읽었다. 1967년이다. 경주시 감포읍 근처에 있는 양북면 봉길리 해안에서 200m 지점이다.

그곳을 그리고 싶은 호기심이 생겼다. 며칠간 휴가를 얻어 경주에 도착해서 불국사에서 석가탑을 그리고 다음 날 친구와 함께 문무대왕릉이 있는 해변에서 대왕암을 중심으로 그림을 그렸다.

유학 생활을 하면서 학교 근처에 있는 Bloomington 호수의 경치를 그렸고, 서울에서 개최되는 '일요 아마추어 화가 작품전'에 Illinois 주의 옥수수밭을 담은 그림을 출품하기도 했다. 직장생활하면서 LA 시내에 있는 맥아더 공원과 Griffith Park 천문대 등에서 풍경화를 화폭에 옮기기도, 집에서 가끔 정물화를 그렸다.

그리기를 한동안 쉬다가 이혼의 슬픔을 달래기 위해서 다시 시작했다. 그리는 동안은 외부 일들을 잊고. 나 자신과의 대화가 오롯하게 이어지기에 그림 그리는 자체를 좋아했다. 마음속의 색깔을 캔버스에 칠하기도, 그리는 작품마다 대화를 나누며 시간의 추억으로 끝난다.

2000년부터 매년 Torrance에 있는 백삼위 성낭에 다니면서 창립달인 9월에 맞추어 개최되는 예술작품전을 주관하고 있다. 작품전에는 신자들의 사진, 서예와 더불어 유화를 전시한다. 은퇴하면서 동네 화가들의 모임인 TAG(Torrance Artist Guild)에 참여하고 있다.

이 모임에는 약 80여 명의 회원으로 구성되는데, 그 가운데는 미술을 전공한 이들도 있는가 하면 아마추어 회원도 상당수다. 회원 작품전은 매년 가을에 있다. 2018년 회원 전에 출품한 유화 'Light House'가 Honorable Mention 상을 받았고, 2019년에는 출품한 'Laguna Beach'가 1등 상과 상금을 받았다. 나 스스로 많이 놀랐다.

지금은 대부분이 성당 신자인 미술 동호인들과 매주 수요일 백삼위 한인 성당에서 그림을 그린다. 손자는 멀리 떨어져 있어 함께 그리지 못한다. 오늘도 바닷가를 서성이며 파란 하늘에 마음의 커다란 동그라미를 그렸다 지우며 여러 생각에 빠진다.

손때 묻은 만년필

시간의 흐름에 따라
몸도 마음도 쇠약해지지만
영혼은 마음에 늘 새로움을 줍니다.

오늘도 감사한 마음을 갖고
그 어느 날
시간과 공간을 초월하여
더 멀리 더 높이 즐겁게 여행할 수 있게
깨끗한 영혼을 위해
주님에게 기도하는 매일 매일입니다.

은퇴한 후, 성경 쓰는 일이 하루에 첫 일과가 되었다. 여행 중에도
성경은 매일 쓰고 있다. 새벽에 운동하는 날은 운동한 다음에, 그렇
지 않은 날에는 일어나 몸과 마음을 정돈한 후에 성경을 쓰고 있다.

성경을 쓰기 시작한 이유는 오래전에 이라크 전쟁터에 나가 있는 아들 Joe를 생각하면서 내 마음을 추스르기 위해 쓰기 시작했다. 마침 1970년대 사용했던 손때 묻은 Parker 만년필을 책상 서랍 속에서 발견하여 그 만년필로 성경을 쓰고 있다.

Joe가 고등학교를 졸업하고 공군에 지원 입대를 했다. 고등학교 때 졸업 후에 군에 간다기에 대학에 가서 ROTC를 하라고 권했으나 당시 이혼 중이었고, 더욱이 아들은 엄마와 함께 살고 있던 때라 내 의견은 받아들여지지 않았다. 공군으로 2년간 근무하고 퇴역한 후에 대학에 진학하라고 권했지만, 아들은 2년제 대학을 졸업하고 다시 육군 방위군으로 이라크에 파견되었다.

멀리 전쟁터에 가 있는 아들을 위해 내가 할 수 있는 일은 그를 위해 기도하는 것뿐이었다. 더 나아가 주일미사 외에 수요일 저녁 미사를 참석하고, 회사에선 틈틈이 시간이 날 때는 영어로 성경을 쓰기도 했다.

아들은 무사히 돌아왔다.

그런데 어느 날 그동안 해오던 수요일 저녁 미사를 가지 않고, 성경도 쓰지 않는 나를 발견하고는 나 자신이 너무나 이기적이고 간사함을 느꼈다. 나에 대한 실망감을 주지 않기 위해, 다시 매주 수요일 미사에 참석하고 있으며, 성경도 매일매일 쓰고 있다.

"성경을 쓰는 시간에 주님과 가까이 있고 싶고, 제 마음속에 주님을 담고 싶습니다. 그리고 오늘도 저에게 마음의 평화를 주십시오."

"아 주님, 제가 당신 앞에서 성실하고 온전한 마음으로 걸어왔고, 당신 보시기에 좋은 일을 해온 것을 기억해 주십시오."(이사야서 38 장 3절)

St. Louis의 늦은 밤

아직 여물지 않은 달
멀리 펼쳐진 건물 위 구름 속에서
감추었다가 나오고, 나왔다 감싸이고.

Mississippi 강 건너 St. Louis Arch Tower는
눈앞에 잡히고
그 너머로 손 길게 뻗치면 닿을 것 같은 Illinois주

불현듯 다가오는
Normal-Bloomington의 학교생활
기숙사, 강의실, 도서실만 맴돌던 대학원 시절
그리고 기숙사에서 만났던 아름다운 여인.

불현듯 엄습해 오는 고독과 외로움 속에서

무심히 쳐다보는 cell phone

지난 시간의 연장이 오늘이라지만
갑자기 되살아나는 그리움, 아쉬움과 허전함 속에
St. Louis 늦은 밤하늘
구름은 바삐 지나간다.

어느 날 회사에서 F-15 프로그램에 관계된 업무 때문에 St. Louis로 20일 출장을 갔었다. 일과 후 호텔 방에서 물끄러미 구름 속에 자취를 감추었다 다시 나타났다 하는 달을 보다가, 문득 2시간 거리에 떨어져 있는 Normal-Bloomington에서 보낸 학교생활과 더불어 지나간 일이 오늘따라 강하게 밀려온다.

같은 기숙사에서 대학교 2학년이던 아름다운 백인 여학생을 만났다. 공부를 마치고 한국으로 귀국할 계획이었는데, 그녀의 적극적인 구애와 솟구치는 호기심에 한국으로 가는 것을 포기했다. 사귄 지일 년이 되는 어느 날 가을학기 시작 전에 결혼하기로 결정했다.

우리는 가톨릭 신자이기에 학교 근처 성당에서 신부님 주례로 혼배성사를 했다. 가난한 학생이기에 성당 내에 아무런 장식이나 꽃도 없고, 나는 평상 복장에 그녀는 본인이 웨딩드레스를 직접 만들어 입었다. 단지 서로 결혼반지만 나눈 소박한 결혼식이었다. 신혼여행은 학교 타운에 있는 모텔에서 그날 밤을 보냈고, 다음날 함께 등교했다. 결혼식을 내 생각대로 하지 못한 아쉬움과 미안함이 컸다.

학생 부부로 열심히 공부했다. 졸업 후 직장을 얻어 LA 근교 Redondo Beach시에서 살림을 꾸렸다. 나는 미국 방위업체에서 일하고, 아내는 병원 내에 있는 병리검사실에서 일했다. 그렇게 23년을 지낸 어느 날, 아들 녀석의 학교생활 때문에 자주 말다툼하다가 아내가 이혼하자고 했다. 나는 갑자기 혼돈에 빠졌다.

돌이켜 생각해 보니 이혼의 가장 큰 이유는 서로 간 대화 부족과 결혼 생활 중에서 느껴지는 동서양 문화의 차이였다고 생각된다. 특히 나 자신이 한국 남자로서 지나치게 고집을 세웠고, 상대방의 이야기를 들어주지 않아 마음고생이 많았을 것이다. 캘리포니아 주법에 따르면 한쪽에서 이혼을 요구하면 상대방이 이혼을 반대해도, 혹은 잘못이 없더라도 이혼이 성립된다. 결국 그녀의 요구를 받아들였다.

이혼을 끝내면서, 그녀가 문화와 생활 바탕이 달랐던 한국 남자와 사느라고 마음고생을 많이 했기에, 문화와 언어가 같은 사람과 만나 재혼하기를 바랐다. 학생 때에 결혼식을 제대로 못 한 생각도 있고 또한 결혼 25주년을 맞아 제대로 결혼기념식을 할 계획을 갖고 있었는데 이렇게 이혼에 다다르니 내 마음에 미안함도 많았다.

언젠가 그녀가 결혼하면 적어도 그녀의 웨딩드레스 값은 내가 지불하려고 마음먹었다. 아직 재혼하지 않고 있는 그녀가 60세가 넘던 어느 날, 둘 사이에 하나 있는 아들을 통해 얼마의 돈을 보냈다. 며칠 후 감사하다는 전화를 받았다. 물론 그 돈은 무엇보다도 내 마음을 달래기 위해 보낸 것이다. 둘 사이에 아들이 있어 서로 가끔 연락은 하고 있다.

이혼 후 나 자신이 변화하려고 많이 노력하고 있다. 자기만의 생각을 떠나 '부부 행복'이라는 방향으로 각자 자기의 생각과 성격을 조금씩 바꿨다면 양상은 달라졌을지 모른다. 결혼의 실패 원인이 나에게 있었기에, 주위에서 부부 사이가 좋지 않다는 말을 들으면 상대편에게 잘해 주라고 권한다.

더욱이 나이가 많아지면서 부부의 생활 반경이 좁아지고 또한 함께 있는 시간이 많아진다. 따라서 부부간에 서로 이해하고 긍정적인 대화를 나누도록 노력해야 부부 사이가 좋아질 수 있다. 우연히 읽은 프란치스코 교황님의 글이 마음에 닿아 몇 번이고 읽고 또 읽었다.

주님께서 내가 바꿀 수 없는 일들은
받아들일 마음의 평화를 주시고
제가 변화시킬 수 있는 일을 위해서는
그것에 도전하는 용기를 주시고
그 둘을 구분할 수 있는 지혜를 주소서.

20년이 지난 일이건만 이 글을 쓰는 지금도 마음이 아프고 애련하다. 아직도 일하면서 성당에서 열심히 봉사하고 있는 그녀에게 좋은 일과 마음의 평화가 항시 있기를 빌면서. 지난 일들이여 안녕.

늦게 이룩한 유학생의 꿈

유학생에게는 바람이 있다. 미국에서 박사학위를 받고 귀국하여 직장에서 일하거나 혹은 대학에서 교수 생활을 하는 것이다.

50여 년 전 나도 그랬다. 그러나 석사학위를 받고 경제적 여건이 여의치 못해 공부를 계속하는 걸 포기하고 직장생활을 했다. 마음 한구석에 아쉬움과 서운함이 자리를 잡고 그때의 꿈을 접지 않았다.

한국에 돌아가지는 못했지만, 이곳에 온 지 49년 5개월 만에 그 꿈을 이루었다. 박사학위를 받았다.

1960년대 외국 특히 선진국인 미국 문화가 들어오면서 대학생들은 미국에 대해 동경과 유학 가는 이야기를 많이 나누었는데 나는 별 관심이 없었다. 대학 졸업하고 우연한 기회에 일본에 1년 있다가 돌아왔다. 당시 대학졸업생이 선호하는 직장은 은행과 석탄공사뿐이었다. 은행 입사 시험은 법대와 상경계통의 졸업생만 볼 자격이 제한되어 있었고, 시험과목은 전공과목과 영어 그리고 상식이었다. 이 세 과목 중에서 특히 영어 성적이 당락을 결정했다.

일본에서 귀국한 후 취직시험 준비를 하고 있을 때, 친우가 유학 자격시험을 본다고 했다. 유학 시험에서 영어 과목에 합격해 놓는다면 취직시험은 전공과목과 상식시험 공부만 해도 된다는 생각으로, 영어 실력을 가름하기 위해 친구 따라 유학 시험을 봤다.

당시 외국에 유학하려면 문교부에서 시행하는 유학 자격시험에 합격해야 했다. 자연계 계통은 대학교 2학년 이상 그리고 인문계는 대학을 졸업해야 시험을 볼 수 있는 자격이 주어졌다. 시험과목은 영어와 국사, 두 과목이었다.

유학 시험 합격자 발표 날짜보다 한 달 후에 중앙청 게시판에 보러 갔다. 영어 합격자 발표란에도 국사 합격자 발표란에도 내 수험번호가 없었다. 불안해서 머뭇거리고 있는데 영어와 국사를 한꺼번에 합격한 사람은 별도 게시판에 있다기에 가서 보니 내 수험번호가 있었다. 의심스러워 합격자 발표판에 있는 번호표를 적어 집에 와서 보니 같은 번호표였다. 나중에 안 일이지만, 유학 시험은 한 과목이 불합격이면, 차후에 그 과목 시험에 다시 응시할 수 있었다.

유학 갈 생각이 없었기에 그해 가을 은행 시험에 합격해서 은행에 다녔다. 은행에 다닌 지 2년이 지날 즈음 직장생활이 싫증 나기 시작했다. 은행에서 외국에 연수 갈 생각도 해보았다. 선택된 대리급 행원에게 주는 해외연수 프로그램은 6개월간의 짧은 기간이었다. 당시 젊음의 복잡한 문제도 있었다. 그래서 차라리 외국에 나가 공부를 하고 싶은 마음이 생겼다.

유학 생활은 유타주 Provo시에 있는 Brigham Young University (BYU)에서 시작했다. 이 학교를 택한 이유는 은행 '외국인 당좌'에서 근무하고 있을 때 BYU 학생이면서 모르몬교 선교사로 한국에 선교하러 온 고객이 있었다. 그 고객의 소개로 이 학교를 알았고 학비면제 장학금도 받을 수 있었다.

그런데 한국에서 생각하지도 못한 새로운 사실을 이 학교에 와서 알았다. 학교 교내는 물론 학교 타운 내에서도 담배와 술은 금지사항이었다. 당시 한국 학생 셋이서 기숙사를 나와 별도로 집을 구해 우리끼리 생활하면서 담배를 피웠다. 고민 중에 결국 1971년 봄학기를 마치고 Illinois주 Normal-Bloomington에 있는 Illinois State University로 학교를 옮겼다.

그해 가을학기부터 공부를 시작했다. 이 학교에서도 학비면제 장학금을 받았으며, 감사하게도 한 학기 끝난 후에 Research Assistant Scholarship을 받아 금전적인 걱정 없이 학교에 다닐 수 있었다. 1973년에 모든 과목을 이수하고, LA에서 직장을 다니면서 졸업논문을 끝내고 1975년에 경제학 석사학위를 받았다.

대학원을 졸업하고 박사과정에 들어가고 싶었으나, 학교에 다니면서 결혼을 했기에 경제적으로 너무 부담되었다. 졸업 후 직장을 다니면서도 박사학위를 갖고 싶은 욕망과 서운함은 계속 가슴속에 있었다. 당시 박사과정이 있는 학교에서는 full-time 학생을 요구하고 있어, 직장을 그만두고 다시 학교로 돌아가 공부할 입장도 안 되었고 용기도 없었다.

그러한 갈등 속에서 1994년에 Part-time 학생에게도 박사학위를 주는 대학들이 생겼고, 회사에서도 이들 학교에서 공부하는 직원에게 등록금을 주는 혜택이 있어 등록했다. Argosy대학에서 희망찬 마음으로 첫 학기 수업을 들으면서 또다시 고민에 빠졌다.

학교 졸업 후 20여 년 넘게 미국회사에서 직장생활을 했기에 박사과정의 강의를 듣는 것이 그리 힘들지 않으리라 여겼다. 그러나 잘못된 생각이었다. 또다시 언어 문제가 다가오면서, "이렇게 늦은 나이에 힘들게 박사학위를 받아 무슨 소용이 있을까? 회사에서 급여를 올려주는 것도 아니고, 특별한 보상도 없는데 이 늦은 나이에 힘들게 꼭 공부를 해야 하나?" 등 여러 생각은 한 학기를 공부하고 결국 박사과정을 포기하게 만들었다. 6개월이 지난 후, 자신을 돌이켜 보니 퇴근 후에 집에서 특별히 하고 있는 일은 아무것도 없이 TV나 보면서 시간을 보내고 있는 나 자신을 발견했다.

마음을 다시 잡았다. 학교에 다시 등록했다. 주중 저녁 하루와 대부분의 주말을 학교에서 보내면서 2년 동안 모든 학과목을 이수했다. 1년 동안 박사 논문을 준비하여 이곳에 유학 왔을 때 꿈이었던 경제학이 이 대학에는 없기에 경영학 박사학위를 받았다. 내 나이 만 68세 11개월이었다. 드디어 꿈을 이루었다.

직장 뒷이야기

Boeing 회사에서 일하면서 경험했던 몇 가지 일화가 기억에 남는다.

첫 번째 회사인 Culver City에 있던 Hughes Helicopter는 새로운 전투 Apache Helicopter를 개발하고 있던 방위업체였다. 처음 취직된 미국내 직장이어서 언어에 신경이 많이 쓰였다.

내 사무실 옆방에 소리를 들을 수 없는 엔지니어가 있었다. 농아였던 그는 말을 제대로 하지 못하고 소리 또한 들을 수 없으나, 우리와 가끔 대화를 나누었다. 어느 날 이야기하다가 그가 "너, 그 발음 틀렸어." 하기에 깜짝 놀랐다. 이 엔지니어는 상대방이 말하는 입술 모양을 보고 그 사람이 무슨 말을 하는지를 알고 우리와 대화를 하는 특수한 사람이었다.

그때 나는 엔지니어들과 예산 책정과 배분 문제로 회의를 하면서 혼자서 스트레스도 여러 번 받았고, 새로운 회의 개념을 배웠다. 이 회사의 예산담당 부서에서 일하고 있을 때 일이다.

새로운 무기체계를 개발하기 위해서는 여러 프로젝트의 일을 수행하게 된다. 이 업무를 하기 위한 예산은 해당 부서의 엔지니어들과 예산측정 부서에서 일하는 비용 측정자(Cost Estimator)와 함께 필요한 시간을 측정하면서 시작된다. 예산부서는 이처럼 측정된 시간을 금액으로 환산한다. 끝으로 그 금액을 해당 군부서와 협상을 통해 예산으로 확정된다. 이처럼 확정된 예산은 각 부서가 처음에 측정한 금액보다 적을 때가 있다.

프로젝트 예산 배분 회의에는 이에 관련된 부서 책임자나 책임 엔지니어들이 참석한다. 회의 중에 이들은 자기 부서에 더 많은 예산을 얻기 위해 때로는 흥분하며 격한 언어를 사용하기도 한다. 그중 한 부서의 엔지니어는 회의 중에 이야기하면서 F-자가 들어 있는 단어를 마치 후렴구처럼 말끝마다 사용하면서 열을 올리고 있었다. 그 이야기 듣기가 무척이나 거북했다. 회의장에서 힘든 표정도 짓지 못하고, 혼자서 주눅 들고, 열 받고, 속 타면서 회의를 끝내고 책상으로 돌아왔다.

회의가 끝난 지 몇 시간 후, 욕을 많이 하던 엔지니어가 내 옆을 지나며 웃으면서 이름(Hi, M-Y)을 부르며, 내 어깨를 치고 가기에 더욱 열을 받았다. 회의를 여러 번 하면서 어느 날 혼자서 깨달았다. 비록 회의에서 열을 내고 떠들어도 미팅이 끝난 후에는 회의장 분위기와는 달리 평소처럼 서로 웃으며 상대방을 대하는 이들의 모습을 여러 번 보았다.

다시 말하면, '너와 내가 열을 올린 것은 예산 때문이지 너와 나

개인 문제는 아니다'라는 이야기다. 따라서 문제가 되었던 예산 문제를 떠나면 너와 나는 아무런 감정이 없기에 얼굴을 붉히거나, 기분이 상할 이유가 없다는 사고방식이다. 분명 배울 만한 토론 문화이고 좋은 모습이다.

한국에서 짧은 직장생활이었으나 회의를 하다가, 개인의 감정적인 문제로 비약하고, 회의가 끝난 다음에도 서로 언짢아하는 광경을 가끔 보았다. "네가 엔지니어링을 얼마나 안다고 예산을 그것밖에 배정을 안 했냐?"를 시작으로 열을 올리면서, 회의 주제를 벗어나 "어느 학교를 나왔냐?" "나이는 얼마냐?" 등의 개인적인 일들로 흥분해서 싸웠을지도 모른다는 상상을 해보았다.

요즈음 뉴스를 통해 감정에 매달려 열을 내고 언성을 높이는 한국 정치인들의 모습을 가끔 본다. 이곳에서 회의할 때, 때로는 열을 올리지만, 대화는 회의 주제를 벗어나지 않고, 상호 간에 별다른 감정 없이 회의를 끝낸다. 아마도 초등학교부터 발표와 토론을 많이 하는 교육 시스템이기에 이처럼 회의 분위기가 다르지 않나 하는 생각을 했다. 배울 점이다.

다른 이야기는 회사에서 관리자 교육 프로그램을 받고 있을 때, 외부에서 온 강사가 팀 미팅에서 "왜(Why)보다는 다른 언어를 사용하라."라는 강의내용이었다.

첫째 '왜?'로 시작되는 대화의 내용은 모두 과거의 일이다. 들춰봐야 과거의 일일 뿐 현재 문제를 해결하려는 데는 아무런 도움이 안 된다. 둘째로 '왜?'라고 물으면 그 내용이 상대방을 질책하는 대화가 되기 쉽다. 상대방은 자기방어를 하면서, 그 일을 어떻게 해야 겠다는 이야기가 아니고, 그 일을 끝내지 못한 이유를 말하게 된다. 단지 학문연구과정에서는 몰라도 '왜'라는 단어를 적게 사용할수록 대화가 부드러워진다.

한 예로, 어느 직원이 월요일에 제출해야 하는 보고서를 하지 않았다. 이때 담당 팀장이 "왜 아직 보고서를 제출하지 않았느냐?"라고 물어본다면, 그 직원은 자기 나름대로 왜 아직 보고서를 제출하지 못했는지 그 이유만 나열할 것이다.

팀장이 바라는 것은 '보고서를 받는 것이 중요한 일이지, 보고서를 작성하지 못한 이유'를 알고 싶은 것은 아니다. 때문에 '왜?'라는 단어보다는, '언제' 또는 '어떻게 내가 도와줄 것이 있는가?'라는 질문이 서로 대화하는 데 그리고 일을 하는 데 도움이 된다는 것이다.

이러한 좋은 대화 방법은 회사 내에서뿐만 아니라, 내 주위 사람들, 특히 부부간 대화에도 필요하다고 생각된다. 예를 들어 남편이 자주 술을 먹고 늦게 들어온다고 하자. 부인이 열 받아 "왜 오늘도 술 먹고 이렇게 늦게 들어오느냐?"라고 대화를 시작하면, 남편은 회사에서 술을 먹게 된 이유를 말할 것이다. 이 대화에서 부인이 바라는 것은 남편이 술을 적게 먹고 집에 일찍 들어와 달라는 이야기일 것이다.

더욱이 문제가 되는 것은 오늘 술 먹은 이야기에서 시작하여 과거에 술에 얽힌 것까지 나오고 또한 술 아닌 다른 이야기로 번지기 일 쑤다. 때로는 이야기는 주제의 초점을 벗어나 누구네 남편은 하면서 둘만의 이야기가 아닌 제삼자의 이야기까지 끌어들여 이야기 끝이 삼천포로 빠져나가게 된다.

부부간에 대화를 하다가 싸울 수도 있다. 부부는 가깝기도 하지만 한편 다른 사람보다도 서로 감정이 강하게 삭용한다. 그러나 싸움을 건설적인 방향으로 이끌기 위해서는 지나친 감정을 떠나 좋은 대화 방법을 사용해야 하고, 말싸움의 주제가 다른 것으로 벗어나지 않도록 긍정적인 대화 방법을 배우고 실행한다면 더욱 부부 사이가 좋을 것이다.

우리가 생활하면서 긍정적인 대화를 하도록 노력하고 또한 불필요한 '왜'라는 단어를 대화에서 사용하지 않는다면, 우리 일상생활은 물론 주위 사람들과 대화에도 그리고 사회생활에도 도움이 되리라고 생각된다.

Long Beach 사무실 떠나며

2015년 12월 15일, 내가 직장인으로서는 37년간 다니던 회사를 마감하는 날이다. 감개무량했다. 젊은 시절인 30 때부터 시작해서 70 중반에 이르는 많은 시간을 앞만 보면서 세 곳의 방위업체에서 보냈다.

대학 졸업 후 미주 대한항공에서 일하다가 미국 시민이 됐다. 그후 공격용 Apache 헬리콥터를 만들던 Hughes Helicopter 회사를 시작으로, 다음은 폭격기 B-1B Lancer(죽음의 백조)를 생산하던 Rockwell International, Aircraft Division에서, 끝으로 C-17 Globemaster 수송기를 만든 MacDonnell Douglas에서 일했다. 그러나 보잉 회사가 전에 다니던 세 회사를 모두 구매해서 결국 37년간 Boeing 회사에서 근무한 기록이 되었다.

첫 직장인 Hughes Helicopter에서 4년간 근무했다. 이 회사는 LA 국제공항에서 북쪽으로 약 10마일 떨어진 Culver City에 있었으며, 미 육군에 납품할 새로운 공격용 Apache 헬리콥터를 개발하여 생산할 준비를 하고 있었다.

처음 입사한 미국회사이고 더욱이 방위 산업업체 업무라 많이 긴장했다. 주어진 업무는 프로그램 매니지먼트 부서에서 프로젝트와 관련된 예산을 담당하고 있었다. 해당 엔지니어들과 회의를 하면서 나는 언어 문제로 스트레스를 받았다.

내가 담당하고 있던 분야 일부는 AH-64 Apache에 장착하는 night-vision 시스템에 관한 예산이 포함됐다. 이 시스템에 관련된 '밤에도 대낮처럼 보이는 night-vision 시스템' 업무가 대외 비밀상황이기에 비밀 취급 인가(Secret Clearance)를 받은 사람만이 일할 수가 있었다. 비밀 취급 인가를 받기 위해 미국은 물론 한국에서까지 내 기록을 조사하느라 6개월이 걸렸다.

공격용 AH-64 Apache 연구개발을 끝내고 육군으로부터 검증이 끝나던 어느 날, 이 회사는 Apache 헬리콥터를 생산하기 위해서 공장이 준비되는 Arizona 주 Mesa로 이전 계획을 발표했다.

때마침, 1982년 가을 LA 공항 근처 El Segundo에 있는 Rockwell International Aircraft Division으로 회사를 옮겨 프로그램 매니지먼트 부서에서 1984년까지 근무했다. 이 회사는 공군에 납품할 폭격기 B-1B Lancer를 연구개발하고 있었다. 이 비행기가 한국에서 '죽음의 백조'로 불리는 폭격기이며 4명의 승무원이 탑승한다.

폭격 거리는 5,543Km로 서울과 부산 거리의 14배가 넘으며, 제주도 상공에서 북한 어느 지역에도 폭격할 수 있다. 미국의 전략적 무기는 Boeing 회사에서 만든 B-1B Lancer와 B-52 폭격기 그리고 Northrop-Grumman에서 만드는 상대방 레이더에 걸리지 않는 은폐(Stealth) 기능을 갖춘 B-2 Spirit, 이 세 종류의 폭격기를 말한다.

끝으로 다닌 회사가 여객기 DC-10 그리고 MD-11을 만들던 MacDonnell Douglas였다. 마침 폭격기 B-1B Lancer의 생산을 막 시작하려던 1984년에 MacDonnell Douglas로 직장을 옮겼다.

이 회사는 수송기, 'C-17 프로그램 회사'를 신설하고 공군에서 요구하는 새로운 C-17 Globemaster 연구개발사업에 참여하고 있었다. 회사를 옮긴 커다란 이유는 민간 여객기를 만드는 회사이기에, 만일 무기 체계사업이 끝나면, 민간 비행기 부서에서 계속 일할 수 있지 않나 하는 생각에 큰 비중을 두었다.

C-17 수송기 개발업무 프로그램 매니지먼트 부서에서 일 년간 일하다가 데이터를 취급하고 통계분석도 요구되는 비용측정(Cost Estimate) 부서로 자리를 옮겼다. 특히 이 부서에는 일하면서 비행기 개발단계에 따른 Estimating Factor Method를 만들었고, 이 방식을 회사의 비용측정방식으로 채택되면서 포상도 받았다. 얼마 후 시애틀에서 거행된 전 미국 업체에서 비용측정에 관련된 업무를 담당하고 있는 사람들의 모임인, SCEA & ISPA*에서 비용측정에 관련된 연구논문들이 책자로 출판되었다.

한국공군에서 오래된 F-5를 대치하기 위해 보잉회사의 F-15을 구매하기로 St. Louis에 있는 보잉 전투기회사와 메모 체결을 했다. 이에 상응되는 계약문서를 한국어로 번역하는 일을 돕기 위해 St.

Louis에서 한 달간의 시간을 보내기도 했다.

특히 이 회사에 근무하면서 미국에 유학하러 올 때 꿈이던 박사학위를 69세에 받았다. 감사하게도 박사학위를 받은 포상으로 100개의 그리고 보잉 St. Louis에서 F-15 때문에 한 달간 근무했기에 10개의, 도합 110개의 주식을 회사로부터 받아 지금도 갖고 있다.

그동안 미 공군을 비롯하여 해외에서 주문한 276의 C-17 수송기를 생산했고, 마지막 비행기가 2015년 11월 29일에 롱비치 활주로를 떠나 공군에 납품되었다. 한 달 후, 내가 속해 있던 Cost Estimating 부서는 12월 말 Long Beach에서 Huntington Beach로 이사를 했다. 나 또한 37년간의 일을 마치고 은퇴했다.

퇴직 절차를 끝내고 직원들과 마지막 인사를 나눈 후, 30여 년 넘게 다니던 405 FWY 타고 집으로 돌아오면서 그동안 다니던 직장생활의 여러 일이 머릿속에서 주마등처럼 지나간다. 보람되었던 지나간 시간이었다.

* SCEA: The Society of Cost Estimating and Analysis and ISPA: The International Society of Parametric Analysts.

4부

로마의 휴일

'진실의 입'이라고 불리는
이곳에 거짓말쟁이가 손을 넣으면
'트리톤의 입이 다물어진다'라는 전설이 있다.
영화에서 그레고리 펙이 손을 넣듯이 따라서 손을 넣고
옛 영화의 장면을 생각하며 한참 웃었다.
트레비분수를 등지고 동전을 던져 보았다.

10월의 유타 단풍여행

 길옆에 가지런히 서 있는 Palm tree가 오늘따라 유난히 맑고 신선하게 보인다. 아침저녁으로 느끼는 찬 공기와 모처럼 높이 보이는 파란 하늘 때문인가 보다. LA는 해양성기후라 4계절에 커다란 변화가 없어, 오랜만에 먼 길 떠나 가을의 정취를 느끼고 즐기고 싶었다.

 10월, 휴가를 얻어 유타주에서 추천한 단풍 길(Fall Foliage Route)을 따라 여행계획을 세웠다. 유타주는 LA에서 북쪽으로 대략 800마일 떨어져 있으며 그 지역 자체가 해발 4,000피트를 넘는다. California와는 달리 사계절이 뚜렷하고, 가을에는 단풍이 아름답고, 겨울에는 스키 휴양지로 잘 알려져 있다. 이번 여행은 단풍구경뿐만 아니라 근처에 있는 국립공원들도 여행 계획표에 넣었다.

 Utah 주에서 추천한 단풍 길은 Salt Lake를 지나, Ogden에서 시작했다. 북쪽으로 Brigham City를 지나, Logan에 들른 다음, Bear Lake를 지나고 Randolph로 내려온 후, Woodruff를 거쳐 Huntsville에 들렀다가 다시 Ogden으로 돌아오는 코스였다.

국립공원은 단풍 길을 끝낸 다음 남쪽으로 내려오면서 들를 계획이다. 세 개의 국립공원은 Arches National Park, Canyonlands National Park 그리고 Capital Reef National Park이다.

아침 6시 새벽 공기를 가르며 첫날 밤을 Utah주 Ogden에서 머물렀다. 다음 날 이른 아침 Ogden을 떠나 산길로 접어들면서 주위 풍경은 단풍 길로 바뀌기 시작했다. 앞에 보이는 산들과 길옆 산들에 휘감겨 길 따라 길게 펼쳐져 있는 노란 단풍잎의 자작나무 때문에 모든 산이 노란 병풍으로 감싸인 것 같았다. 언덕 너머에 보이는 작은 농촌 마을은 붉은 단풍으로 덮였고, 크리스마스 카드에서 보는 것 같은 조그만 시골 도시의 아담한 풍경을 즐기며 다시 산길로 접어들었다.

산속 휴게소에 놓인 피크닉테이블 위에서 아내가 끓여준 뜨거운 라면 맛은 별미였다. 주위 언덕에 수북이 쌓여 있는 자작나무 노란 단풍잎, 소나무 숲속에 가끔 보이는 붉은 단풍이 어울려 한 폭의 그림 같았다. 테이블 위에 누워 가을의 풍광을 마음속에 가득 품어보았다.

다시 산길에서 산길로 이어지는 조그만 마을들, 떨어진 단풍잎들에 봄부터 새겨있는 이야기들… 갑자기 서울 덕수궁 돌담 옆 노란 은행잎들이 떨어져 있는 길을 걷던 생각이 떠올라 옛 추억 속에 빠져 있었다.

단풍여행을 마치고 나머지 여정은 남쪽으로 내려오면서 세 개의 국립공원에 들렀다. 유타주 지역은 몇십만 년 전에 바다가 돌출되어 지층이 형성된 곳이다. 땅의 단면이 수평으로 층을 이루었고, 산에 있는 흙이나 바위는 철분이 산화되어 붉은색을 띠고 있다.

유타주 국립공원 여행은 Ogden에서 Provo를 거처 내려오면서 Arches 국립공원을 보고 Moab에서 1박 한 후에 Canyonlands 국립공원을 돌았다. 다시 서쪽으로 Capital Reef 국립공원을 들른 다음 Las Vegas에서 1박 한 후에 Redondo Beach, 집으로 돌아오는데 적어도 3박 4일이 소요되는 여행길이다.

Arches 국립공원에는 나무가 적고 붉은 산들이 어깨를 겨누며 놓여있다. 메마른 작은 나무 그리고 풀포기가 여기저기 흩어져 있다. 온통 붉은 산에 기묘한 바위들이 몇십만 년 전의 이야기들을 품어 안고 있는 것 같다. 오솔길에는 수십 만의 발자국이 담겨 있는 듯 바윗길이 반짝거린다.

Canyonlands 국립공원은 깊게 파인 붉은 계곡과 협곡이 더불어 있어 경치가 놀랍다. 지대가 높고 토양도 나무가 자라기에 충분하지 못해 여기저기 작은 나무들이 흩어져 있다. 계곡에서 솟아오른 듯한 아름다운 붉은 색깔의 커다란 둔덕들과 협곡으로 파인 골짜기 아래 퍼져 있는 붉은 돌 무리들이 우리에게 손짓하는 것 같다. 파인 계곡들의 연이은 행진 그리고 계곡 따라 어울려 흐르는 콜로라도 강줄기. 이러한 모습들을 표현할 길이 없어 '장관'이라는 단어를 사용할 수밖에.

Capital Reef 국립공원에도 절경들이 많다. 멀리 보이는 Arch들, 낮은 산길에 솟아오른 여기저기 장엄한 언덕들이 장관이다. 아래 계곡에 고여 있는 작은 연못들, 계곡 따라 흐르는 시냇물도 몇만 년의 이야기를 속삭이듯 물결 따라 흘려보내고 있다. 이러한 엄청난 자연의 모습을 말로 표현할 수 없기에 나도 모르게 주님의 이름을 조용히 불러본다.

도시의 그림자를 벗어나 대자연과 어울렸던 4박 5일의 휴가를 마치고 저녁노을을 안으며 집으로 향하는 마지막 고속도로인 405 FWY로 내려오고 있다. 가을 정취를 가득 안은 마음도 잠시, 긴 여행의 여독 속에서 집에 도착하니 마음이 한결 놓인다. 그래서 집을 Home, Sweet Home이라고 부르나 보다.

* Utah 주에서 추천한 단풍 길과 국립공원 안내

Ogden은 Utah조 수도이며 모르몬교의 본 거지인 Salt Lake City의 북쪽에 있다. 이곳에는 Snowbasin, Powder Mountain and Nordic Valley 같은 스키 휴양지가 있으며 시내 25 가에는 1920~30년대 금주 시절 때 유일한 주류 밀 매점이던 장소가 있다. 도시 서쪽에는 옛날 기차와 카우보이의 박물관이 있다.

Brigham City는 2010년 인구조사에 의하면 18,000여 명이 살고 있는 적은 도시이며 복숭아 과수원이 많이 있다. 도시 이름은 모르몬교의 창시자인 Adam Smith가 죽은 후에 특히 Illinois에서 종교적 핍박을 받자 Adam Smith의 예측에 따라 Utah 주로 모르몬 신자들을 이끌고 이곳에 온 Brigham Young을 기념으로 도시 이름을 만들었다. 현재 이 도시의 주요 산업은 미사일을 비롯한 로켓 등 우주 산업들이 있다.

Logan은 옛날 모피장사를 하던 Ephraim Logan 이름을 따서 만들었다. 이 도시에는 Utah Logan 주립대학이 있으며, Utah 주의 개척자들인 모르몬교도들이 1877-1884에 걸쳐 세운 모르몬교 Temple이 있다. 이곳에 Brigham Young College가 1877년에 세워졌으나 1926년에 Provo로 이전했다.

Bear Lake는 미국 유타주와 아이다호주의 경계에 있으며 이 주에서 두 번째로 큰 천연 담수호가 있다. 물에 탄산칼슘(석회암)이 함유되어 청록색을 띤다고 해서 '록키 산맥의 카리브해'로 불린다. 면적은 약 109제곱마일(280㎢)이다.

Randolph는 2010년 인구조사에 의하면 464명이 살고 있다. 이곳에는 지금도 사용하고 있는 Randolph Tabernacle은 100년이 넘게 모르몬교들의 모이는 장소다.

Woodruff는 2000년 인구조사에 의하면 194명의 백인이 사는 아주 작은 도시다. 모르몬 개척자들에 의해 1870년에 만들어졌으며 도시 이름은 모르몬교의 4대 회장인 Wilford Woodruff의 이름을 사용했다.

Huntsville은 Ogden의 북쪽에 있으며 2000년 인구조사에 의하면 608명이 살고 있다. 이곳에서 남쪽으로 잠시 내려오면 Ogden으로 들어온다.

* 국립공원 안내

Ogden으로 돌아와 Provo를 거쳐 Utah 주 동쪽에 있는 국립공원은 Canyonlands National Park, Arches National Park, 그리고 Capital Reef National Park가 있다.

*Arches National Park

이쪽 지역은 사막이라 큰 나무는 없고 시야에 들어오는 것은 조그만 나무들과 크고 작은 언덕 그리고 멀리 보이는 작은 산들뿐이다. Arches 국립공원은 Utah 주의 동쪽 Moab에서 북쪽으로 4마일에 있으며 콜로라 도강과 함께 위치하고 있다.

이 국립공원은 세계적으로 유명한 Delicate Arch를 비롯한 2,000개가 넘는 붉은 모래 아치가 있는 것으로 유명하다. 기묘한 모습을 하고 있는 Rock of Balance 와 Delicate Arch는 말로 표현하기 힘들다. 멀리에서 도 보이는 붉은 갖가지 형상을 갖고 있는 수많은 돌과 기둥 바위들 그리고 다른 곳에서 볼 수 없는 묘한 바위의 형상은 우리에게 상상의 날개를 펼쳐 준다.

*Canyonlands National Park

이 국립공원은 Arches National Park에서 차로 한 시간 정도 떨어져 있다. 이 공원에 들어가는 길은 꽤나 구불구불하지만, 풍경이 드라마틱하 게 길 따라 변해서 운전하는 재미가 있는 길이다. 이 국립공원의 놀라운 특색은 각기 다른 Island in the Sky, Needles와 Maze의 세 구역으로 나누어져 있고, 각 지역마다 특색 있는 경치는 놀랍고, 더불어 콜로라도 강과 Green River로 이루어져 있는 풍경은 아름답고 장관이다.

Utah의 모든 산이 그렇듯이 이곳도 초콜릿을 녹여 만든 듯한 진자주색 갈의 붉은 산들이 대부분이다. 여기저기 놓여있는 빼어난 붉은 바위, 자연 이 빚어 만든 섬세한 아치와 시원하게 흐르는 콜로라도강이 아래로 흐르고 있다. 특히 이곳은 대지 위로 솟아난 바위와 산들의 절경보다는 평평한 대지 밑으로 흐르는 강과 그 주위에 자연이 만들어 놓은 커다란 협곡이 장관이다. 그리고 이곳에 오는 많은 사람이 사진을 찍는 Mesa Arch가 이곳에 있고 한눈에 전경을 볼 수 있는 Grand View Point도 여기에 있다.

*Capital Reef National Park

이곳 역시 붉은 돌들로 만들어진 절벽, 협곡, 산등성이 그리고 땅이 주름지어 만들어진 것 같은 Waterpocket Fold, 겹겹이 겹쳐있는 금빛 나는 모래 돌들, 이루 형용할 수 없는 돌의 모양 등으로 만들어진 경치 보물의 고장이다. 관광객들이 많이 찾는 Chimney Rock pillar, Hickman Bridge arch, Capitol Reef 그리고 Cathedral Valley 등이 이곳에 있다.

운하의 도시

　중세기의 찬란한 문화와 역사를 간직하고 있는 이탈리아와 프랑스
는 고등학교 세계사 시간에 역사 공부하면서 친근해졌다. 더욱이 로
마, 바티칸에는 세계적으로 유명한 성 베드로 성당과 바티칸 미술관
이 있다. '파리'하면 낭만의 도시 같은 기분에 매료된다. 유명한 파리
의 루브르 박물관에서 여유롭게 시간을 보내고 또한 샹젤리에 거리
에서 한가히 커피도 마시고 싶다. 이 지역을 관광이 아닌 여행객으로
관람을 제대로 보고 즐기고 싶었다.

　1년 전에 LA에 있는 여행사를 통해서 서유럽 관광을 다녀왔다.
단체 관광이기에 성당이나 박물관 등을 자세히 보지 못하고 사진을
보듯이 특별한 체험 없이 보고만 돌아다녔다. 지역마다 특색이 있는
오래된 도시의 모습이나 경치를 제대로 즐기고 싶은 아쉬움 때문에
우리 부부만의 여행계획을 다시 세웠다.

　동유럽 단체 여행을 마치고, 마지막 도착지점인 오스트리아의 비
엔나에서 단체 여행객들과 헤어졌다. 다음 날 아침 비엔나 공항에서

렌터카를 이용해 국경을 넘어 이탈리아로 들어갔다. 이탈리아에서 여행계획은 낭만이 숨겨져 있는 물 위의 도시 Venice와 중세 르네상스 문화의 중심지였던 피렌체를 거쳐 이탈리아의 수도 로마에 도착하는 것이다.

오스트리아의 비엔나를 떠나 특별한 표시 없는 이탈리아 국경을 넘어 식당에서 점심을 먹고 5시간 조금 지나 베니스에 도착했다. 베니스의 아름다움은 중세부터 유명했다고 전해진다. 지금도 물의 도시 혹은 가면의 도시 등 다양한 별명들을 가지고 있다. 예술과 건축 분야에서도 매우 지명도가 높으며, 르네상스 시대에 문화 발전의 중심지 역할의 일익을 담당했다. 유명한 작곡가 안토니오 비발디의 고향이기도 하다.

성직자였던 안토니오 비발디는 작곡가이자 바이올린 연주가이며, 음악가로서 대중화를 시도한 인물 중의 하나다. 네 개의 바이올린 협주곡으로 된 사계절을 묘사한 《사계》의 작곡가로 잘 알려져 있다.

물의 도시 베니스는 751년경 이곳 동로마의 총독이 안전을 위하여 물 한가운데에 떠 있는 베니스로 그 주거지를 옮기면서 시작됐다. 그를 따라 많은 난민이 몰려들며 이 지역은 점차 그 규모가 확장되었다. 이곳은 섬 전체가 습지대여서 석조 건물과 대리석 건물을 아예 지을 수가 없었다. 17세기에 이뤄진 베니스 건물의 건축 과정 연구에 의하면 원주민들은 늪지대에 말뚝을 박고 그 위에 살았다. 이곳에 새로 들어온 주민들은 몇백 년이고 머무를 영구 정착지를 만들기 위해 새로운 건설방식을 연구했다.

그들의 건축 방법은 물컹한 토층 아래에 있는 단단한 층까지 닿는 기다란 나무판자들을 수직으로 섬 전체에 빼곡히 박는 것이었다. 그 위에 석판들을 깔아 비로소 건물을 지어 올릴 '땅'을 마련할 수 있게 만들었다. 산타 마리아 델라 살루테 교회가 건설될 때는 1,106,657개의 나무 말뚝이 사용되었다고 한다. 나무 말뚝은 4m 길이였으며, 슬로베니아, 크로아티아, 몬테네그로 등 아드리아해 연안 도시에서 나무를 실어왔다. 이 교회를 건설하기 위해 기초를 만드는 데에만 무려 2년 2개월이 걸렸다고 기록되어 있다.

물 위에 있는 아름다운 섬 도시인 베니스는 많은 골목길이 서로 연결되었다. 길 따라 중세기의 특색이 있는 건물들이 줄지어 있어 걸어 다니면서 이곳저곳을 구경하면서 즐겼다. 골목길들이 서로 엉켜 있어 지도를 구입하는 것이 편리하다. 더욱이 섬이라 어물 시장도 해물을 요리하는 식당도 많다. 특히 이곳에는 오래전부터 유리 만드는 기술이 처음으로 이곳에서 발달해 예쁜 유리 공예품을 파는 가게들도 많다.

섬 안으로 들어가면서 눈에 들어오는 산마르크광장은 역사적으로 정치, 경제, 문화의 중심지다. 이탈리아의 대도시에는 대부분 광장이 있다. 광장은 사각형을 이루며 광장의 외부에는 중세 아름다운 건물들이 들어섰다. 이들과 달리 산마르크광장의 건물은 'ㄷ' 자 형으로 바닷가 쪽에는 건물이 없다.

광장에 있는 식당들은 건물 내에도 그리고 밖에도 테이블이 잘 정비되어 있다. 건물 밖에서 외부 공간을 즐기면서 음료수를 마시거나 식사를 즐기는 것도 추억거리가 된다. 이 광장에서 멀지 않은 곳에는 잘 알려진 Tralloria alla Madonna* 식당에서 게살 살라드를 맛보는 것도 일미다. 석양이 비치는 섬 자체가 아름답지만, 더욱이 리알토다리에 비치는 석양은 한 폭의 그림을 연상시킨다. 여러 곳에서 화가들이 그림을 그리기도, 팔기도 한다.

베니스에는 운하가 도로의 역할을 하는 수상 도시이기에 예전부터 곤돌라를 교통수단으로 이용했고, 요즈음은 단지 관광객 운송용으로 사용된다. 우리가 탔던 배의 사공이 우리의 요청에 따라 불러주었던 이탈리아 민요 '산타루치아'가 산마르크광장에 내려 광장을 걷고 있는데 아직도 귀에 맴돈다.

* Tralloria alla Madonna 식당; 주소: Calle della Madonna, 594, 30125 Venezia VE, 이탈리아, 연락처: 39 041 522 3824

* 가볼 만한 곳

산타루치아역에서 내려 왼쪽 길을 따라 도보로 30여 분가면 1420년에 완성된 건축의 걸작인 카도로(Cásoro, 황금의 집)이 나온다. 이곳에서 약 8분 정도 걸으면 리알토다리에 도착한다. 이곳에서 다시 7분 정도 걸으면 산마르코 광장(산 마르코 대성당 두칼레궁전과 탄식의 다리)에 도착하여 이곳저곳을 관광할 수 있다. 이 광장에 있는 수상교통 수단인 바포레토를 타고 무라노섬, 리도섬, 산 조르조 마조레 성당 등을 관광할 수 있다.

* 리알토다리 (Rialto Bridge)

베니스에서 가장 큰 규모의 아름다운 다리다. 다리 양쪽에는 불어서 만든 유리그릇, 장식물과 보석, 피혁제품 등 다양한 상품을 판매하는 상점들이 늘어서 있다.

* 산 마르크광장 (Piazza San Marco)

베니스의 중심지인 산 마르코 광장은 정치, 경제, 문화의 중심이다. 광장 대부분은 사면이 건물로 둘러싸인 것이 일반적이지만 산 마르코 광장은 바다를 향해 열려 있다는 점이 특징이다. 광장 주변에 식당과 가게들이 즐비하게 있고 더욱이 1720년부터 영업을 시작한 카페가 많다. 이곳에 앉자 악사들이 연주하는 음악을 들으며 광장, 닭둘기 등 바다를 보면서 즐기는 재미도 좋다. 특히 이곳에서 서식하는 닭둘기, (닭 같은 비둘기)들은 사람들과 친숙해 팔 위에 얹어 사진을 찍는 사람들이 많다. 아이스크림을 먹다가 실수로 과자 부스러기를 흘리기라도 하면 닭둘기들이 겁나게 몰려든다. 이 섬의 교통수단인 바포레토도는 이곳을 기점으로 운행하고 있다.

* 산 마르코 대성당(Basilica di San Marco)

원형의 산 마르코 대성당은 산 마르코 광장 동쪽 끝부분에 있다. 이 건물은 751년경에 지워졌고, 이곳에 총 대주교좌가 있다. 성당 정면을 장식하는 청동 말 4기는 제4차 십자군 전쟁 때 콘스탄티노폴리스에서 약탈한 전리품으로, 진품은 현재 박물관에 보관되어 있다. 이 성당은 두칼레궁전과 연결되어 있다.

* 종탑(Campanile di San Marco)

산 마르코 대성당 앞에 높이 솟아 있는 종탑은 벽돌을 쌓아 만들었으며 한 변의 길이 12m, 높이 98.6m의 탑으로 베네치아에서 가장 높은 건물이다. 처음 종탑이 세워진 9세기에는 선착장의 등대 역할을 목적으로 지었는데, 12세기에 건설이 끝난 후 종탑 아랫부분은 두칼레궁전을 지키는 호위병의 막사로 사용되기도 했다.

* 두칼레궁전(Palazzo Ducale)

두칼레궁전은 베니스 국가원수의 공식적인 주거지로 1309년부터 1424년의 기간에 걸쳐 지어진 것이다. 고딕 양식의 건물로, 조형미는 베니스에서 가장 뛰어나다. 궁전의 평면은 U자형으로 산 마르코 대성당과 붙어 있다. 궁전 안 인테리어는 르네상스 양식과 바로크 양식이 서로 어울려 있으며 지금은 박물관과 전시회장 용도로 사용되고 있다.

* 탄식의 다리 (Ponte dei Sospiri)

1600년에 건설된 이 다리는 두칼레궁전과 프리지오니 감옥을 잇는 다리를 말한다. 왼쪽이 정부 건물이고, 오른쪽이 감옥인데 죄수들이 다리를 건너 감옥으로 들어가면서 더 이상 아름다운 경치를 볼 수 없어서 탄식을 내뱉으려 다리를 건넜기에 생긴 이름이다. 베니스에서 유명한 관광 명소 중 하나로 알려져 있으나 특별한 운치를 느끼지 못했다.

* 바포레토를 타고 둘러보기

무라노/ 부라노 섬: 각각 유리공예(무라노)/레이스와 무지개색 집(부라노)으로 유명한 섬. 특히 무라노는 베네치아 공화국 시절 유리공예의 비밀이 타국에 새어나가지 않도록 강제로 이곳에 유리 공 장인들을 집단 거주하게 하여 유리공예가 발전한 것으로 전해진다. 지금도 수백 년 전통의 유리 공방들이 성업 중이다. 산 마르코 광장에서 바포레토로 25분 소요.

*리도 섬: 베네치아 본 섬 남동쪽에 길게 늘어져 있는 섬으로, 근대부터 유럽의 여러 귀족이 일광욕을 즐기던 해변 휴양지이다. 요즘은 베네치아 영화제가 열리는 곳으로도 널리 알려졌다. 제법 큰 섬이라 섬 내에는 버스가 운행하고 있다.

*산타 마리아 델라 살루테 성당: 이 성당은 베네치아에서 가장 상징적인 랜드마크 중 하나요. 일련의 조각상이 성당의 주요 건물의 정면을 장식하고 있다.

피렌체, 르네상스의 꽃

피렌체(Firenze, Florence)에 왔다. 베니스에서 아침에 떠나 2시간 조금 지나 피렌체 숙소인 두오모 근처 호텔에 도착했다. 아르노 강변에 위치한 이 도시는 이탈리아 토스카나주의 수도다.

피렌체는 중세 유럽의 무역과 금융의 중심지였으며 이탈리아 르네상스의 꽃을 피운 본고장으로 알려져 있다. 오랜 세월 동안 메디치(Medici) 가문이 이 지역을 다스렸고, 1865년~1870년까지는 이탈리아 왕국의 수도였다.

피렌체는 메디치 가문과 불가분의 관계를 맺고 있다. 이 가문은 네 명의 교황과 피렌체의 통치자를 배출하였으며. 피렌체에서 강력한 영향력이 있는 가문이다. 그 가운데서도 메디치 가문의 3대인 위대한 로렌초 메디치(1449년~1492년)에 이르러 르네상스 예술은 절정을 이뤘다. 로렌초는 르네상스의 거장들, 곧 안드레아 델 베로키오(다 빈치의 스승), 산드로 보티첼리, 레오나르도 다 빈치, 미켈란젤로 등을 적극적으로 후원했다.

메디치 가문은 밀라노 등 다른 지역의 귀족 가문과 더불어 이탈리아 르네상스의 탄생과 더불어 꽃을 피우고 열매를 맺는 큰 역할을 했다. 나중에는 혼인을 통해 프랑스와 영국 왕실의 일원까지 되었다. 세계사적으로 이렇게 3대에 걸쳐 문화 발전에 이바지한 가문이 없다.

베니스의 경치는 바다와 인접해 있어 밝고 시원하며 탁 트인 느낌이다. 반면, 피렌체는 두오모 성당의 위엄있고 웅장한 모습과 더불어 13~15세기 르네상스 시대의 예술작품이 많아 예술의 도시라고 불러도 과언은 아니다. 시뇰리아 궁전을 비롯한 산타마리아 델 피오레 교회, 조토의 벽화 등 시내 중심부는 거리 전체가 박물관과 견주어도 손색이 없어 보였다. 매년 수백만이 넘는 관광객들이 모여든다고 한다.

이 도시의 특색은 주위 관광지를 걸어서 다닐 수 있는 장점과 걷는 재미도 좋다.

중세기에 교통수단은 걸어 다니기나 우미차를 사용했기에 피렌체에는 건물들이 대부분 모여 있어 우리가 보고 싶은 명소들은 시내에 서로 가까이 있다. 대략 도보로 2.8km, 40분 정도 떨어져 있어 힘들지 않고 걸어서 관광할 수 있다. 이곳저곳을 다니며 중세기 아름다운 건물을 구경하는 것도 즐거웠지만, 골목골목 색다른 풍경과 상품을 파는 가게들도 즐길 수 있어 좋았다.

미켈란젤로 광장을 가기 위해서는 시내에서 차를 타고 가야 했다. 이 광장은 언덕 위에 있어 시내를 시원하게 내다볼 수 있고, 밤 경치를 볼 수 있는 곳으로 잘 알려져 있다. 미켈란젤로가 1501년부터 3년에 걸쳐 만든 이스라엘의 위대한 왕 다윗의 청년 모습을 한 다비드 (David) 동상이 광장 가운데 위엄 있게 서 있다. 이곳과 베키오 궁전 앞에도 동상의 복제품이 있다. 실제 동상은 빈번한 공격과 자연 훼손을 막기 위해 1873년 피렌체의 아카데미아 미술관으로 옮겨 놓았다.

* 가볼 만한 곳

관심이 있는 명승지는 피렌체 중앙시장(가죽시장) − 피렌체 대성당, 조토의 종탑 (두오모) − 베키오 궁전 − 우피치 미술관 − 베키오 다리 − 미켈란젤로 광장 등이 있다.

* 아카데미아 미술관 (Galleria dell'Accademia)

이 미술관은 시내 중심에서 북쪽에 있으며, 미켈란젤로의 다비드 조각상 진품을 볼 수 있다. 피렌체 고딕 그림뿐만 아니라, 갤러리에는 러시아 성화의 독특한 컬렉션이 보관되어 있는데, 이 성화는 레오폴드가 있었던 로렌 하우스의 그랜드 공작 (Grand Dukes)에 의해 수집되었다.

* 피렌체 중앙시장:

이곳은 1874년부터 자리를 지켜온 피렌체의 대표적인 재래시장이다. 1층에 있는 상점에서는 풍성한 채소, 과일, 그리고 다양한 말린 과일과 치즈. 육포 등을 판다. 시장을 돌아만 다녀도 정감이 느끼는 곳이다. 2층은 곱창버거, 다양한 종류의 피자, 파스타 등을 파는 식당이 대부분이다.

중앙시장을 거쳐 나오면 오래전부터 가죽공예로 유명한 가죽 시장이 나온다. 다양한 가죽제품을 팔고 있으며, 가죽가방이나 벨트, 지갑, 재킷 등을 저렴한 가격으로 판매하고 있으며 구경하는 것만으로도 흥미 있다.

* 피렌체 대성당 (두오모) Duomo di Firenze

피렌체의 랜드마크인 '꽃의 성모 성당'인 두오모는 산 조반니 세례당, 피렌체 대성당(산타마리아 델 피오레), 조토의 종탑 등을 포괄해서 말한다. 피렌체 대성당은 1296년 대성당 공사 시작하여 돔 공사와 십자가 공사까지 포함시 공사 기간이 175년이 걸려 1471년에 완성되었다.

현재 세계에서 네 번째로 큰 성당이며, 당시 피렌체의 정치적이고 경제적인 지배력을 상징했던 곳이라고 한다. 필리포 브루넬레스키가 설계한 돔으로 유명하며, 실외는 하얀색으로 윤곽선을 두른 초록색과 분홍색의 대리석 판으로 마감되어 있다.

대성당의 고딕 양식 정면에는 유색 대리석과 부조로 뒤덮인 세 개의 거대한 청동 문과 아치형 채광창이 특징이다. 내부로 들어가면 교회 전체에 모자이크가 잘 전시되어 있다. 두오모 성당 내부의 높은 천장에 있는 그림을 보면서 아름다움과 한편으로는 어떻게 천장에 그릴 수 있었을까 신기할 따름이다.

성당 주변에는 잘 보전된 르네상스 양식의 건물에 식당과 매장들이 있고 관광객들로 북적인다. 이곳에서 판매하는 피렌체 두오모 통합권을 구매하면, 피렌체 대성당 내부, 두오모 쿠폴라(돔 위의 전망대), 산 조반니 세례당, 조토의 종탑, 지하 예배당, 박물관을 구경할 수 있다.

* 조토의 종탑

조토의 종탑은 피렌체 대성당 바로 옆에 있다. 땀 흘리며 400개가 넘는 계단을 올라가면 피렌체의 전경이 한눈에 들어온다. 피렌체 대성당 건축을 맡았던 아르놀로 디 캄비오의 건축기법을 따라 기하학무늬의 색조 대리석이 아름답게 꾸며져 '과거 그 누구의 작품보다 완전하다'라는 칭송을 받았으며, 조토는 이탈리아 르네상스 건축의 선구자로 거듭나기도.

* 시뇨리아 광장(Piazza della Signoria)

이 광장은 우피치 미술관과 베키오 궁전 앞에 있고, 광장 곳곳에는 피렌체의 역사적 사건과 관련된 동상들이 서 있다. 또한 다양한 르네상스 조각상들이 전시되어 있고, 이 광장에서는 공연하는 길거리 예술가들도 만나 볼 수 있다. 특히 이곳에서 처형당한 지롤라모 사보나롤라를 기념하는 동판이 있다.

사보나롤라는 페라라의 귀족 가문에서 태어났으며, 1482년에 피렌체 산마르코 수도회에 파견되어 높은 학식과 금욕 생활로 명성을 얻었다. 1490년에 피렌체로 돌아와 당시 지배자인 로렌초 데 메디치를 공격하고, 속세로 타락한 교회를 신랄하게 비판했다. 사보나롤라는 계속 교황에게 도전하자 교회 법정에서 유죄 선고를 받고 화형당했다.

* 우피치 미술관 (Galleria degli Uffizi)

피렌체 시뇨리아 광장에서 가까운 우피치 갤러리는 16세기에 지어진 미술관이다.

마지막 메디치가의 후손인 안나 마리아 루이자 데 메디치가 그들의 미술품을 피렌체시에 기부했다. 이탈리아에서 가장 많이 방문하는 곳 중 한 곳이며, 특히 전시되어 있는 르네상스 시기의 작품들은 그 가치를 가늠할 수 없다고 한다.

작품은 시대에 맞추어 전시되어 있다. 고대 그리스의 미술작품에서 렘브란트의 작품까지 소장품은 다양하지만, 무엇보다 르네상스 회화의 걸작들을 다량 보유해 세계 굴지의 미술관으로 뽑힌다. 레오나르도 다빈치와 미켈란젤로의 작품을 볼 수 있는 곳으로도 유명한데, 가장 인기 있는 작품으로는 보티첼리의 〈비너스의 탄생〉과 〈봄의 향연〉, 조토의 〈마돈나〉, 다빈치의 〈수태고지〉, 미켈란젤로의 〈성 가족〉 등이 있다. 입장권은 온라인으로 미리 구매하는 것이 좋다.

* 베키오 다리

아르노강 위의 세워진 베키오 다리는 로마 시대에 만들어진 여러 다리 중에 가장 오래된 다리로 알려졌다. 그림처럼 아름다운 다리 위에는 귀금속을 파는 가게들이 줄지어 있다. 원래 이곳에는 푸줏간, 대장간 등이 있었는데 페르디난도 1세라는 왕이 악취가 난다며 모두 추방하고 대신 금세공업자들이 들어왔다고 한다. 다리 근처에 젤라토 판매장이 있어 열대 과일과 향신료 맛까지 20가지 정도의 특이한 맛을 즐길 수도.

 * 미켈란젤로 광장

피렌체의 야경을 보기 위해서 아르노강 변, 베키오 다리에서 시간을 보냈다. 일몰의 아름다움을 만끽하고, 차로 15분 정도 이동하면 시내 전경이 보이는 미켈란젤로 광장에 도착한다. 광장 가운데는 미켈란젤로가 만든 청동 복제품인 5.17m의 다비드상이 있다. 멀리 보이는 피렌체 시내와 특히 두오모와 피렌체의 지붕들은 붉은 노을에 짓어 매우 황홀하다.

로마의 휴일

피렌체를 떠나 두 시간 정도 지나니 로마 공항에 도착했다. 렌트한 자동차를 공항 근처에 있는 사무실에 반납하고, 택시를 타고 베드로 성당에서 걸어서 10분 정도 떨어져 있는 숙소에 도착하니 점심 먹을 시간이 되었다.

로마를 다시 보고 싶었던 마음은 대학교에 다닐 때 본 영화 '로마의 휴일'이 너무나 감성적으로 받아들여 여러 장면이 지금도 마음속에 남아있기 때문인가 보다. 영화의 줄거리는 유럽의 한 왕국의 한 공주가 답답한 왕실을 벗어나 로마에서 만난 신문기자와의 애틋한 사랑의 휴일을 보내는 이야기다. 배우로는 그레고리 펙과 오드리 헵번이 출연했고 1953년에 만들어졌다.

아침 일찍 일어나 베드로 성당에서 아침 미사를 드리고, 진실의 입(Bocca della Verita)이 있는 8세기에 건축된 코스메딘 산타마리아델라 성당(Basilica di Santa Maria in Cosmedin)으로 갔다. 성당으로 들어가는 전면 벽에 붙어 있는 사람 얼굴의 대리석 조각상의 입이 뚫려있다. '진실의 입'이라고 불리는 이곳에 거짓말쟁이가 손을 넣으면 '트리톤의 입이 다물어진다'라는 전설이 있다. 영화에서 그레고리 펙이 손을 넣듯이 따라서 손을 넣고 옛 영화의 장면을 생각하며 한참 웃었다.

오후에는 트레비분수를 등지고 동전을 던져 보았다. '트레비분수를 등지고 동전을 한번 던지면, 로마에 다시 오게 되고, 두 번 던지면, 사랑이 이루어지고, 세 번 던지면, 사랑하는 사람과 헤어진다'라는 전설이 있다고 한다. 1762년에 완공된 인공 분수는 교황 클레멘스 13세에 의해 군중들에게 개방되었다. 트레비 분수 뒤로는 팔라초 폴리 궁전이 있다. 가운데에는 대양의 신 오케아노스가 서 있고, 양옆에서 바다의 신 트리톤이 보좌하는 모습이다. 많은 사람이 호숫가에 모여 있어 가까이 가기가 쉽지 않았다.

광장 주변에는 편안한 분위기의 레스토랑인 트라토리아부터 피자전문점까지 다양한 음식점이 있다. 분수 바로 옆에 가게와 매점에서 커피, 케이크, 젤라토도 등을 구입할 수 있다. 여기저기에서 동전 던지는 모습도 보인다.

트레비 분수에서 10여 분 걸어가니 스페니쉬 광장이 나온다. 스페인 대사관이 이곳에 있어 스페니쉬 광장으로 불린다. 광장 중앙에는 바르카차(Barcaccia, 낡은 배) 분수가 있다. 교황 우르바노 8세의 의뢰로 만들어진 이 분수는 피에트로의 아버지가 사망한 후 그의 아들 잔 로렌초 베르니니의 도움으로 1629년에 완성되었다.

이 분수에서 언덕 위를 보면 데이 몬티 성당이 보인다. 또한 앞에 보이는 스페니쉬 광장과 데이 몬티 성당을 이어주는 137개의 계단을 스페니쉬 계단이라고 부른다.

해가 서산으로 넘어가는 초저녁인데 계단에 많은 사람이 앉아 있다. 추억에 남을 정다운 모습들이다. 아래 광장에서 사 온 젤라또를 영화에서 나오는 오드리 햅번처럼 먹으면서 계단에 앉아 있으니 피곤함이 몰려왔다. 아마도 아침 일찍부터 여러 곳을 걸어서 다녀서 그런 것 같다.

오드리 햅번은 은퇴한 이후에 유니세프에서 난민 구호 활동을 위해 일했다. 20세기 가장 아름다운 외모를 가진 그녀가 유니세프 대사로서 인권운동과 자선사업 활동에 참여하고, 세계 오지 마을에 가서 아이들을 도와주었다. 그런 활동에서 미소 짓는 노년, 햅번의 모습은 젊은 시절보다 더 내적인 아름다움을 느끼게 했고 또한 거룩하게 보였다. 그녀의 행보를 기리고자, 유니세프에서 그녀의 이름을 딴 오드리 햅번 인도주의상 (Audrey Hepburn Humanitarian Award)을 제정했다. 뉴욕 유니세프 본사 앞에는 그녀의 업적과 봉사, 희생정신을 기린 'The Spirit of Audrey'라는 이름의 동상이 서 있다. 자선사업가로서 아름다운 삶을 보낸 햅번은 1992년 미국 대통령 자유 훈장의 수훈자가 되었다. 1993년 1월 20일 결장암으로 향년 63세 사망했다.

스페니쉬 계단에서 걸어 내려오며 '로마의 휴일'에 나왔던 젊음의 아름다운 모습과 은퇴 후 유니세프에서 난민 구호활동을 하던 그녀의 인자하고 성스러운 모습을 생각해 본다.

베드로 광장

로마 시내에 있는 바티칸은 1929년 이탈리아와 라테란 조약에 의해 새롭게 세워진 국가다. 바티칸에는 교황이 계신 곳이고 우리 또한 천주교 신자여서 매우 관심이 있다.

이 도시는 사방이 벽으로 둘러싸였다. 바티칸 언덕과 언덕 북쪽의 바티칸 평원을 포함하며 0.44km²의 면적에 약 1,000명 정도의 인구가 살고 있는 세계에서 가장 작은 독립국가다. 바티칸 시국은 로마의 주교, 즉 교황이 동치하는 신권 국가로 로마 가톨릭의 상징이사 중심이다. 물론 군대가 없으나 특이한 것은 교황의 신변을 보호하기 위해 1506년부터 전통에 따라 100여 명의 스위스 근위병이 미켈란젤로가 다자인한 복장을 하고 봉사한다.

바티칸에는 너무나 잘 알려진 성 베드로성당과 바티칸 미술관이 있다. 이 미술관은 16세기에 교황 율리오 2세에 의해 설립되었으며, 바티칸 내부에 있는 이 미술관은 세계 최대 규모의 미술관 가운데 한 곳이다. 이 광대한 전시관에는 여러 세기에 걸친 예술품들이 진열

되어 있다.

흥미 있는 여러 개의 작품 중에는 라오콘(Laocoon) 군상이 있다. 이 조각상에는 트로이 신관 라오콘과 그의 두 아들이 포세이돈의 저주를 받아 바다뱀에게 공격을 당하는 모습을 묘사한 고대 그리스 조각상이다. 조각상 인물들의 크기는 실제 인간의 크기와 비슷하며, 높이는 2m가 약간 넘는다. 율리오 2세가 이 조각상을 일반에게 공개하면서 이곳이 알려지기 시작했다고 한다.

다음 작품으로는 화가 라파엘로가 1510~1511년에 교황 율리오 2세를 위해 만든 '아테네 학당'으로 라파엘로 방에 있다. 이 그림에는 고대부터 르네상스에 이르는 중요한 과학자, 수학자와 철학자들의 모습이 묘사되어 있다. 그림 중앙에는 하늘을 향해서 오른손을 들고 있는 빨간 천을 두른 학자 플라톤이, 그 오른편에는 파란 천 두른 아리스토텔레스가 손바닥을 펼쳐 땅을 향하고 있다.

일설에 의하면, 윤리학을 들고 있는 아리스토텔레스는 현실 세계를 중요시했기 때문에 손바닥을 펼쳐 땅을 향했고, 플라톤은 오른손을 하늘을 가리키면서 그의 관념의 세계를 논하는 그의 철학을 암시하고 있다고 한다.

시스티나성당 안에는 미켈란젤로, 라파엘로, 산드로 보티첼리 등 르네상스 시대의 예술가들이 그린 프레스코 벽화가 구석구석에 그려져 있다. 그 가운데서도 미켈란젤로는 교황 율리오 2세의 후원을 받으면서 1508년에서부터 1512년 사이에 성당의 천장에 그린 12,000점의 그림을 어떻게 표현해야 할지? 환상적이다.

시스티나성당 천장 벽화는 '예수의 일생, 모세의 일생, 천지창조, 그리스도 조상들의 모습' 등 네 개 주제로 다양한 군상의 화려한 그림들로 구성되어 있다. 이 중 천장 중앙을 장식하고 있는 아홉 폭의 '천지창조'가 가장 유명하다. 미켈란젤로가 그린 '아담의 창조(The Creation of Adam)'는 하느님이 최초의 인간, 아담에게 생명을 불어넣은 창세기 속 성경 이야기를 담고 있다

감동적인 천장화들을 한동안 쳐다보고 있으니 목이 아팠다. 이 대작을 1508년부터 1512년, 무려 4년 5개월에 걸쳐 완성한 미켈란젤로의 목은 얼마나 불편했을까? 이곳을 나오면서 미켈란젤로의 숨결을 느끼는 듯하다.

성물 파는 곳에서 묵주를 사고 나오면서 돌아가신 예수님을 성모님의 무릎에 앉고 있는 조각상이 눈에 들어왔다. 이 '피에타, Pieta' 조각은 미켈란젤로가 25살의 나이에 완성했다고 한다.

성 베드로대성당은 바티칸시국 남동쪽에 있으며 바티칸대성당(Basilica Vaticana)이라고도 부른다. 이 성당은 서기 67년에 순교한 예수의 열두 제자 가운데 한 사람이자 로마의 초대 주교, 즉 교황성 베드로의 무덤 위에 대성당을 건립했다. 대성당의 건설은 1506년 4월 18일에 시작되어 1626년에 완료되었다.

성 베드로대성당은 그 종교성과 역사성, 예술성 때문에 세계적인 순례 장소로 유명하다. 르네상스부터 바로크에 이르기까지 수많은 예술계의 거장들이 오랜 세월에 걸쳐 지은 건축 작품으로서 당대의 가장 거대한 건물로 여겨진다. 이 성당 내 여러 곳에서 아침 미사가

집전되고 있다.

묵고 있는 숙소에서 15분 정도 걸으면 성 베드로대성당에 도착한
다.

아침 미사를 드리고 나오는 길에 고해성사소가 여러 곳에 있었다.
그중 한 곳에 영어라고 붙어 있기에 그곳에서 고해성사를 마치고 나
오려는데 커튼 밖으로 고해성사를 주신 신부님의 손이 보인다. 그
손에는 2개의 상분이 보였다. 지금도 간직하고 있다.

샹젤리제 거리

개선문에서 약 500m 떨어진 지점에서 시작되는 샹젤리제 거리 인
도교에는 노상 카페들이 줄지어 있다. 시원하게 시야가 넓어 고객들
이 선호하는 노상 카페 자리를 어렵게 얻었다. 잘 알려진 바게트 샌
드위치를 주문했다. 마침 콩코르드 광장에서 걸어오면서 샹젤리제
길에 군밤을 파는 곳이 있어 옛날 생각이 나서 한 봉지를 샀다. 주문
한 음식을 기다리며 커피와 같이 먹으며 거리 풍경도 지나가는 사람
들도 보며 잠시 여유롭게 시간의 공간을 즐겼다.

우리 숙소가 루브르 박물관(Louvre Museum)에서 가깝다. 호텔
에서 준비한 아침을 먹고, 루브르 박물관과 잘 정리된 정원인 뜰르히
가든(Jardin des Tuileries)을 지나 콩코르드 광장(Concorde
Place)으로 나왔다. 이 광장은 동서 길이가 360m, 남북 길이가
210m 되는 팔각형 모양으로 파리에서 가장 큰 광장이다. 이곳에 이
집트가 1833년에 프랑스에 선물한 오벨리스크 탑이 높이 서 있어 인
상적이었다.

이 광장에서 지울 수 없는 역사적인 사실은 1793년 프랑스 혁명 중에 루이 16세가 1월에 그리고 10월에는 왕비인 마리 앙투아네트가 참수된 형장에 이처럼 화려한 분수가 세워진 사실이다. 그 때문에 '혁명 광장'으로 불리던 곳을 1795년에 평화와 화합의 뜻이 있는 '콩코르드 광장'으로 고쳐 부르게 되었나 보다.

콩코르드 광장에서 걸어 2km 되는 샹젤리제 거리를 지나 끝에 있는 에투알 개선문 (Arc de Triomphe)에 도착했다. 이 개선문은 1806년 나폴레옹 전쟁과 프랑스 혁명 전쟁에서 용감하게 싸우다 전사한 이들에게 경의를 표하는 의미로 건설되었으며 거대한 계단식 구조물로 무명용사 묘가 자리하고 있다. 파리에는 개선문이 세 개나 있다.

에투알 개선문은 1814년 나폴레옹이 유배 가면서 잠시 공사가 중단되었다가, 프랑스의 마지막 왕인 루이 필립에 의하여 1836년 완공됐다. 개선문에 도착해서 나선형으로 된 278개의 계단을 헤아리며 끝까지 힘들게 올라갔다. 전망대에서 바라보니 개선문을 중심으로 사방으로 뻗어 있는 12개 도로가 한눈에 들어오고, 길 사이 사이에 있는 오래된 집들이 특징이 있고 아름다웠다. 앞으로 길게 보이는 길이 파리의 낭만을 상징한다는 샹젤리제 거리다.

여행객들의 가슴을 설레게 하는 파리 시내 최대 번화가인 이 거리 양편에는 플라타너스와 마로니에가 우거져 있다. 길 전체 길이가 약 2km, 폭은 약 70m의 거리로 개선문에서 콩코르드 광장까지 일직선으로 뻗어 있다. 본래 이곳은 논과 밭이 있던 곳을 앙리 4세의 부인

인 마리아 데 메디치(Marie de Medicis)의 마차 산책로를 만들기 위해 1616년부터 나무를 심고 가꾸면서 '왕비의 뜰'로 불리던 곳이다. 이 지역을 그리스 신화에서 낙원이라는 의미의 '엘리제'를 따서 샹젤리제 (낙원의 들판이라는 의미)라고 불리게 되었다고 한다.

1772년에는 다섯 갈래의 길이 만나는 '별의 광장'(Etoile)이 만들어졌으나 지금은 열두 갈래의 길이 만난다. 그 후 1828년부터 재정비를 하면서 분수, 보도, 가로등이 설치되고 카바레와 식당, 카페가 들어서면서 파리 시민과 이곳에 오는 관광객으로부터 사랑을 받는 장소로 탈바꿈되었다

샹젤리제 거리에는 세계적인 수준의 고급 레스토랑, 유명 디자이너 브랜드, 역사적인 명소 등을 포함해 화려하게 장식된 건물이 줄지어 늘어섰다. 그 중엔 100년도 넘게 자리를 지키고 있는 건물도 있다.

아침 일찍 일어나 파리 시내 여러 곳을 둘러보고 내려와서 그런지 의자에 푸근히 앉아 있으니 피곤이 몰려왔다. 마침 주문한 바게트 샌드위치가 나왔다. 샹젤리제 거리 양편에 있는 노상 카페가 미국에는 없기에 신기하고, 낭만스럽게 다가왔다. 이곳에 다시 올 기회가 있을지 모르나, 아내와 커피잔을 마주 잡고 나누던 대화는 기억하지 못하더라도 이곳에 있던 분위기는 나중에 기억 속에 남겠지.

여행이란 일상생활에서 벗어나 새로운 환경에 접하게 되어 마음이 새롭고 또한 여행자끼리 심리적으로 가깝게 된다. 이러한 심리적 영향은 이들에게 여행의 추억을 만들게 한다. 특별히 해외여행은 애인

들 혹은 부부들의 관계를 가깝게 만들고 추억거리도 만들게 된다.

점심 식사를 마친 후에 다시 콩코르드 방향으로 가다가 에펠탑으로 갈 예정이다.

에펠탑에 관한 이야기가 있다.

파리 박람회에 맞추어 만들어진 에펠탑의 건설을 반대한 사회 인사 중에는 화가 모파상이 있었다. 에펠탑이 완성된 후 모파상은 이곳 레스토랑에 자주 들렀다고 한다. 어느 날 이를 이상히 생각한 웨이터가 그에게 그 이유를 묻자, "파리에서 유일하게 에펠탑이 보이지 않는 곳이기에 자주 온다."라고 답했다는 일화가 생각난다.

Bishop 나들이

Covid-19로 생활 반경이 좁아졌다. 10월 중순이기에 단풍 구경하고 바람도 쏘일 겸 Bishop에 다녀왔다. 비숍은 LA에서 북서쪽으로 267마일 떨어져 있으며, 자동차로 네 시간 조금 더 걸린다. 가는 길은 LA에서 북쪽 방향 US-5번, CA-14N 그리고 US-395 N을 이용하게 된다.

특히 여러 시간 동안 장거리 여행을 하면서 느끼는 것은 운전하는 자동차 내부는 외부와 단질된 '나만의 공간'이 된다. 이 공간 속에서 음악을 즐기기도 때로는 불현듯 잊었던 지난날의 추억이 두서없이 떠오르고는 한다. 오늘은 유학생 초창기 일어났던 몇 가지 일들이 생각난다.

하루는 한 친구가 불현듯 저렴한 가격에 차를 파는 곳을 안다고 했다. 64불, 65불, 70불짜리 자동차를 파는 곳을 알고 있으니 가보자고 한다. 그렇게 싼 자동차는 없다고 말했으나 하도 우기기에 같이

갔다. 그런데 자동차 앞 유리창에 붙여 놓은 차의 생산연도를 자동차 가격으로 잘못 본 것이다.

LA에서는 "마누라는 없어도 자동차는 있어야 한다."라는 말이 있다. 다른 도시와는 달리 이곳은 대중교통이 잘되어 있지 않아 버스를 타고 이곳저곳 다니기가 힘들다. 한 친구가 개인으로부터 120불을 주고 아주 싼 자동차를 샀다. 자동차가 워낙 오래되어 차 꽁무니에서 매연을 무척이나 내뿜는 차를 타고 학교에 다녔다. 하루는 주차장에서 나이 든 분이 차를 고치라고 30불이 되는 큰돈을 주었다면서 그분의 이름도 제대로 물어보지 못했다고 한다. 나중에 알아보니 그 대학교의 교수였다.

당시 LA에는 한국 마켓은 없었고 일본 마켓이 있었다. 그곳에서 쌀, 라면과 단무지 등을 샀다. 미국 마켓에 가면 별로 살 것이 없었으나 때로는 소꼬리를 아주 싼 가격에 얻기도 했다. 물론 미국 사람들은 소꼬리를 먹지도 않았으며 정육점에서 팔지 않았다. 소꼬리를 부탁하면 정육부서 안에서 갖고 나와 그냥 주기도 했다.

얼마 후 미국 마켓에서 소꼬리를 매우 저렴한 가격에 판매했다. 유학생들은 요리를 제대로 하는 사람이 적어 이 소꼬리를 잔뜩 사와서 커다란 냄비에 넣고 끓여 며칠씩 먹고는 했다.

차 안에서 이 생각 저 생각 하는 사이에 LA에서 210마일 떨어진 Lone Pine에 들어섰다. 비숍에 가는 길에 Lone Pine과 Big Pine, 두 도시를 거쳐 가게 된다. Lone Pine 근처에는 미 대륙에서 가장 높은 Whitney산(해발 14,496피트)이 있고, 반대로 제일 낮은 Death Valley(해저 282피트)가 있다. 이곳에서 40여 마일 북쪽으로 가면 Big pine이 나온다.

Big pine이라는 도시 이름은 1962년에 생겼다. 오래된 지역이나 크기에 비해 4백여 가구가 사는 조그만 마을이다. 이 도시에서 시에라네바다 산맥을 왼쪽으로 끼고 계속 북쪽으로 15마일 가면 목적지인 소도시 비숍이 나온다. 이곳은 아스펜 나무의 노란 단풍이 매우 아름다운 명소다.

해발 4,000피트가 넘는 시에라네바다 산에는 아스펜 나무가 많기에 가을이 오면 나뭇잎이 노란색으로 물든다. South Lake, North Lake, Sabrina Lake로 올라가는 냇가와 길목 따라 노란 색깔의 단풍나무들이 병풍을 쳐놓은 듯 환상적으로 줄지어 서 있다. 이곳에서는 10월 한 달간 단풍을 즐길 수 있다.

사우스레이크에서 시작하는 bishop pass trail은 2~3시간 정도 걸린다. 올라가는 길목에서 만나는 호수들은 가히 환상적인데 그 아름다움을 모두 마음에 담을 길이 없어 아쉽다. 캠프 그라운드에 있는 테이블에서 집에서 만들어 온 김밥을 먹고 그 위에 누워 하늘을 보니 나무 끝자락에 있는 노란 단풍들과 푸른 하늘이 서로 어울려 아름다움의 극치를 이루고 있다.

이 도시 외곽에 서부영화 박물관이 있으며, 옛날 존 웨인, 찰턴 헤스턴이 주연으로 등장한 서부영화를 찍던 장소가 나온다. 사람이 살지 않는 조그만 마을에 몇 채의 빈집이 있고, 길에는 메마른 커다란 풀잎들이 뒹군다. 존 웨인이 말 타고 나올 것만 같다. 또한 이곳에는 1938년에 문을 연, 100년 넘게 운영 중인 유명한 빵집 Erick Schat's Bakkery가 있다.

비숍 우체국은 1889년에 열었으며 도시 이름, 비숍은 처음 정착한 유럽인의 이름을 딴 것이다. 이곳 인구는 3,879명으로 2010년 센서스에 기록되어 있다. 여러 숙박 시설 중에서 냇물이 흐르는 Creekside Inn이 재미있다.

비숍에서 남쪽으로 US Highway 395를 따라 약 7마일 떨어진 곳에 조그만 온천인 Keough Hot Springs가 있다.

이곳에서는 아스펜 나무를 'Tree of courage'라고 부르는데 위험으로부터 막아 준다는 의미다. 이 나무가 남가주에 줄어들 줄 모르는 Covid-19을 막아 주었으면 하는 우스운 생각을 해본다. 이 나무를 신화에서는 '부부의 여신'이라고도 한다.

184 **이명렬** 태평양 건너 언덕 위에서

Puppy 꽃 나들이

지난 4월 중순에 LA에서 멀지 않은 Lancaster로 Poppy 꽃을 보러 갔다. 매년 이맘때면 파피꽃이 만발하여 장관이다. 들판엔 활짝 핀 주홍색 파피꽃으로 물들어 있고, 멀리 보이는 산 위에는 지난겨울에 온 눈이 녹지 않고 조금 남아 있다. 카메라에 담은 이곳 풍경을 차고에서 캔버스에 옮기면서 파피꽃 마당을 생각해 본다.

3월 중순부터, 코로나바이러스의 빠른 확산 때문에 주 정부에선 불필요한 외출은 삼가라는 명령을 내렸다. 특별히 갈 곳은 없었지만, 자의가 아닌 타의로 한 달 넘게 집에만 있자니 마음이 불편했다. 답답한 마음도 풀 겸 아내와 함께 집에서 북쪽으로 85마일 떨어져 있는 Lancaster에 파피꽃을 보러 나섰다. 고속도로에 차들이 적어 한산한 편이었고, 1시간 30분 만에 도착했다.

FWY 5번에서 Palmdale 방향으로 가는 SR 14번으로 차선을 바꿨다. 30여 년 전 LA 국제공항 근처에 있던 회사에 근무할 때 업무

차 이 고속도로를 자주 이용하여 다니던 생각이 났다. Palmdale에는 개발 생산하는, 일명 '죽음의 백조'라 불리는, B-1 폭격기를 마지막 조립하는 공장에 있었다. 마지막 조립된 폭격기는 이곳에서 시험 비행을 마친 후에 공군에 납품됐다.

이곳에는 지금도 공군 기지가 있으며, Lockheed에서 만든 일명 'Dragon Lady'라고 불리던 U-2 spy 비행기가 이곳에 상주해 있었다. Lancaster에 가기 위해서는 Palmdale을 거쳐야 된다. 이 두 도시는 서로 붙어 있다.

본래 Lancaster에는 파피와 들꽃으로 잘 알려진 Antelope Valley California Poppy Reserve State Natural Reserve* 가 있으나 Covid-19 때문에 꽃구경하러 많은 사람이 오는 것을 막기 위해 주 정부에서 문을 닫았다. 안에는 들어가지 못하고 입구 근처 넓은 들판과 언덕 언저리에 피어 있는 주황색 꽃 들판만 보았다. 꽃은 만발하고, 그 모습은 장관을 이루었다.

파피꽃을 보러 온 차들이 양쪽 길에 가득 차 있다. 들판에는 이곳 저곳에 가족끼리 모여 다니고, 건너편에는 남녀가 함께 사진을 찍느라 야단이다. 길옆에는 점심을 준비한 듯 여러 명이 간격을 띄워서 식사하는 모습이 다정스럽고 재미있게 보인다. 어린아이들은 제 세상을 만난 듯 여기저기 뛰어논다. 마스크를 끼고 사진 찍는 모습, 얼마 지난 후에는 추억으로 남겠지.

멀리 보이는 산꼭대기에는 작년 겨울에 온 눈이 아직도 녹지 않아 흰색으로 희미하게 보인다. 산 아래 나무숲들과 그 사이로 보이는 집들, 그리고 넓은 들판에 여기저기에 넓게 퍼져 피어 있는 오렌지 색깔의 파피꽃들, 전체의 모습이 한 폭의 그림이다. 풀밭에 주저앉기도, 가까이 다가가 사진도 찍고 만져도 보며 모처럼 오랜만에 파피와 들꽃을 마음껏 즐겼다. 물론 집안 그늘에 갇혀 있다가 모처럼 산과 들이 보이는 야외에 나오니 상쾌하고 마음이 뻥 뚫린 기분이 좋았다.

집으로 돌아올 때는 길을 바꾸어 Angeles National Forest 길을 따라서 왔다. 이곳은 산세가 깊고, 계곡이 많으며 냇물이 맑아 산 위에서 바라보는 풍경이 장관이었다. 차창 너머로 눈에 익은 산길이 보인다. 매년 봄부터 이쪽으로 등산을 자주 다녔는데. 현재는 이 등산 코스들도 코비드-19 영향으로 가질 못하고 있다.

차고 안에서 서너 시간 동안 캔버스에 매달렸다. 앞쪽에는 주홍색 꽃 들판을, 뒤편에 조그만 동네 집들과 뒷산들이 서서히 자리를 잡아간다. 멀리 보이는 산 위에 지난겨울에 온 눈이 아직도 남아 있어 붓으로 메 만지고 있다. 자연과 더불어 느꼈던 감성을 다시 떠올리면서.

* Poppy Reserve Wildflower Hotline (661) 724-1180
  Antelope Valley California poppy Reserve, 1501 Lancaster Rd, Lancaster

한가한 나들이

모처럼 오후에 Fwy 91번을 타고 동쪽으로 달렸다. Covid-19 때문에 다니는 차들이 평소보다 적었다. 지난 4월에는 들꽃 보러 Lancaster에 갔다 온 지 한 달 조금 지났는데 아내는 또 멀리 바람 쐬러 나갔다 오자고 한다.

점심 먹고 운전하기 편한 곳을 찾다가 집에서 북동쪽으로 75마일 떨어진 Lake Elsinore* 시에 있는 Elsinore 호수에 가기로 정했다. 이 호수는 3,000에이커가 되는 커다란 자연 호수다. 호수 서쪽에는 Elsinore 시가 자리 잡고 있다. 집들이 호수 주위를 둘러싸고 있으며, 호수 서쪽 뒤에는 높은 산으로 둘러싸여 있다.

오래전 이곳에 인디언 원주민들이 살고 있었으나 1873년 Juan Machado가 호수 서북쪽에 500에이커를 구매하면서 도시가 형성되기 시작했다.

2차대전 때는 이 호수에서 수상비행기 실험을 했으며 또한 이 지역에 Boeing B-17 폭격기의 날개를 만들던 Douglas Aircraft 공장이 있었다.

흥미로운 사실은 오래전 이 도시에서 San Diego 근처에 있는 Oceanside 시에 기차가 운행되고 있었다. 또 이 지역에는 흑인이 별로 살고 있지 않음에 불구하고 1966년에 남가주 최초로 흑인 시장이 당선됐다. Lake Elsinore라는 도시 이름은 1972년 도시 주민 투표에 따라 정해졌다. 이 근처에 온천도 여러 개 있다.

Elsinore 호수는 여러 해 동안 물이 넘쳐 주변의 주택과 상가들에게 커다란 피해를 주었다. 1920년에는 이 호수에서 올림픽 훈련을 그리고 고속 보트 경주를 하기도 했다. 1950년에는 가뭄으로 호숫물이 줄어 1960년에는 물을 넣어 주었고, 2007년에는 호수 생태계를 돕기 위해 공기 유통 시스템이 추가되었다.

호수 건너 산 아래에 있는 마을은 물안개에 덮여 희미하게 보이고 멀리 호수를 가로지르며 달리는 보트가 인상적이다. Lancaster에서 사진 찍은 poppy 꽃 풍경을 보고 그림 그렸듯이 이 호수의 경치도 나중에 캠퍼스에 담을 생각으로 사진을 여러 장을 찍었다.

우리 옆에는 우리처럼 집에 있기가 불편해 나왔는지 젊은 가족이 아이들과 함께 나와 띄엄띄엄 앉아 있다. 어린아이들이 천진난만하게 호숫가에서 물장난하면서 뛰어놀고 있다. 부모를 모시고 온 다른 가정은 빙 둘러앉아 식사하고, 아이들은 호수가 조그만 모래사장에서 공차기를 하는 등 신나게 뛰어놀고 있다. 남미에서 온 가족들이다. 아마도 아파트의 좁은 공간에서 답답하게 있다가 명쾌하고 시원한 호숫가로 바람 쐬러 나온 듯하다.

요즈음 젊은이들은 생활에 커다란 변화를 겪는다. 특히 초등학교를 비롯하여 대학까지 학교에 가지 못하고 집에서 '원격수업'을 하며, 회사 직원들은 자택 근무를 한다. 식당은 물론 미용실과 상점들이 문을 닫으면서 이에 종사하고 있는 사람들의 생활에 커다란 지장과 불편을 주리라 생각된다.

은퇴한 우리는 Covid-19 때문에 행동반경이나 생활에 커다란 지장을 받지 않고 있다. 오랜만에 잔잔한 호수를 바라보고 있으니 내 마음도 편안해진다. 이렇게 호수 옆을 거닐면서 자연과 이야기하며 마음의 평화를 갖는다. 빠른 시일에 Covid-19 백신이 나와 우리의 생활이 다시금 본래의 위치로 갔으면 좋겠다.

* Lake Elsinore 시는 오래전부터 아메리칸 인디언들이 살던 곳이며, 1800년대에 Mexican 사람들이 농장을 만들어 살고 있었으며, 1888년에 캘리포니아주에 시로 편입되었다. 이곳에는 3,000 에이 커가 되는 자연 호수인 Elsinore 호수가 있다.

* 유황온천: 하우스 오브 실로암온천, 215 W Graham Ave. (951) 245-9500

Machado 호수

Covid-19 팬데믹으로 백삼위 성당에 매주 수요일에 모여 그림을 그리던 모임을 멈춘 지가 어느새 8개월이 지났다.

답답한 마음을 달래려고 몇 명이 함께 캔버스와 이젤을 들고 가까운 공원에 모였다. 동네에서 자동차로 약 30여 분 떨어져 있는 Harbor 시와 Wilmington 시 사이에 위치한 Ken Malloy Harbor Regional 공원에 네 명이 모였다.

이 공원은 한동안 내버려 둬서 주위가 온통 쓰레기로 가득 쌓여 있었고, 공원 가운데 있는 Machado 호수 수질도 좋지 않았다. 몇 년 전, LA 카운티 정부에서 1억여 달러를 들여 공원과 Machado 호수의 생태계 복구 작업을 했다.

이제 잔디가 예쁘게 자라고, 공원 입구에 있는 어린이 놀이터에는 꼬마들이 여기저기 뛰어다니며 놀고 있다. 호수에는 물고기가 많아 여러 곳에 만들어 놓은 낚시터에 몇몇 사람들이 호수에 낚싯줄을 드리운 채 한가로이 앉아 있다.

호수를 마주 보고 앉아 그림 그릴 구도를 잡는다. 하늘은 스모그가 많은 탓인지, 초가을이지만, 높지 않고 파란 하늘도 아니다. 호수와 그 뒤에 아주 멀리 떨어져 있는 산의 모습이 좋았다. 그 산 앞에 있는 도시건물들은 윤곽만 보인다. 호수 뒤 가까이 있는 작은 언덕과 능선이 아름답다.

호수 오른편에 자라고 있는 나뭇잎들이 초가을의 옅은 단풍 색깔을 머금고 있다. 물은 반사된 나무들의 색깔을 머금고 잔잔히 출렁거리며 여러 마리의 오리들이 한가로이 놀고 있다. 캔버스에 원경, 중간, 그리고 근경의 구도를 잡아 본다. 하늘에 색깔을 생각해 본다. 파란색도, 회색도, 흰색도, 약간 노란 색도, 모두 함께 버무리면서 생기는 혼합색 속에서 보라색을 조금 넣어 섞어서 하늘에 색깔을 만들어 캔버스에 옮겨본다.

캔버스 위에 커다란 비중을 차지하는 호수를 본다. 물은 약간 파란색, 흰색 그리고 나무 색깔이 물에 반사되어 복합된 초록색을 띠고 있다. 호숫가에는 삭은 나무들이 낳다. 푸른색과 초록색, 노란색노 함께 버무려 호숫가에 있는 나무들을 칠해본다.

연못 왼쪽도, 오른쪽도 모두 나무와 풀들이 뒤엉켜 있다. 오른쪽에 멀리 보이는 조그만 잔디가 아름답다. 잔디 위에 눕고 싶다. 잠시 마음이 다른 곳으로 흘러간다.

갑자기 고등학교 다닐 때 공원 잔디밭에서 손잡고 거닐던 풋사랑의 여학생 생각이 났다. 정말 오랜만에 생각이 나는 청순한 그녀다. 얼굴이 아련하다. 지금은 어디서 어떻게 지내고 있을까?

일행 네 명이 캔버스를 앞에 펼쳐 놓고 호숫가에 나란히 앉아서 그림을 그리고 있다. 호수 앞에서 오리 떼들이 한가롭게 유유히 떠돌아다닌다. 호수 오른편에는 여러 그루의 나무들이 숲을 이루고 있다. 멀리 어렴풋이 보이는 산 앞에는 도시의 높은 건물들이 아련히 보인다. 이러한 풍경들을 근경과 원경으로 잘 조화시키고, 커다란 몫을 차지하는 물을 여러 가지 색깔로 칠하면 재미있는 풍경이 될 것 같다.

Huntington 도서관

오래전에 읽은 John Jakes의 소설 'California Gold'가 불현듯 머릿속에 떠올랐다.

이 소설 속에는 우리가 살고 있는 Los Angeles(LA) 지역의 역사가 간단히 나온다. 흥미로운 글이어서 이 지역의 역사를 되짚어보았다. LA 근교에 세워진 오래된 두 도시, San Marino와 Beverly Hills는 미국 내에서도 잘 알려진 부촌이며 오래된 역사를 갖고 있다.

1781년경 LA 지역엔 멕시코의 'Los Pobladores'라 불리던 11개의 스페인 가족들이 흩어져 살다가, 1848년 미국이 멕시코와 전쟁에 승리한 후, 캘리포니아는 미국의 일부가 되었다. 그 뒤 LA 지역에서 금광이 발견되면서 점차 도시가 커지기 시작했는데, 이를 가리켜 '골드 러쉬(Gold Rush)'라고 한다. 이 골드 러쉬 때문에 동부지역에서 젊은이들이 일을 찾아 서쪽으로 이동하면서 시작되었다.

New York Tribune의 논설위원이며 노예제도 폐지를 부르짖던 Horace Greeley는 1865년 7월 13일 자 신문에 "Go West, Young

Man, Go West"라는 유명한 말은 남겼다. 이 캐치프레이즈는 동부에서 제대로 된 직장 없이 비싼 생활비와 집세 속에서 힘들게 살고 있던 젊은이들과 남북전쟁(1850~1865)에서 돌아온 군인들을 고무시키기에 충분했다. 많은 젊은이는 Illinois를 거쳐 계속 서부로 이동을 했다.

특히 Sacramento에서 북동쪽으로 약 36마일 떨어져 있는 아주 조그만 마을 Coloma에서 James W. Marshall이 1848년 1월 금광을 발견하면서 캘리포니아에 Gold Rush (1848~1855) 바람이 불었고 몇백 명이 살던 지역에 인구가 갑자기 늘어 약 300,000명이나 되었다. 이후 1892년 광산에서 금채광이 줄어들 때 즈음, 채광하던 Edward L. Doheny(1856~1935)와 Charles A. Canfield(1848~1913)는 1892년에 LA 근처에서 유전을 발견하면서 노동자들이 북가주에서 남가주, LA 쪽으로 옮겨오기 시작했다. 유전 타이쿤이 된 Doheny는 생전에 가톨릭 학교, 성당 등에 많은 자산을 기부했다.

한편 New York, Oneonta에서 태어난 Henry Edwards Hun-tington(1850~1927)은 유전개발에 필요한 설비기계를 팔면서 많은 돈을 벌었다. 그는 대륙횡단 철도의 일부인 로키산맥에서 샌프란시스코에 이어지는 Central Pacific Railroad 회사의 부사장으로 일했다.

San Marino 시는 이렇게 형성되었다. Huntington은 많은 부동산을 소유하고 있었으며 희귀한 책들과 그림을 수집했다. 그는 LA에 살다가 북동쪽에 있는 Shorb rancho (San Marino) 지역을 구매해서 1915년에 커다란 저택을 지었다. 1919년 헌팅턴 부부는 비영리 연구단체 설립을 위해서 그들의 저택과 정원을 신탁으로 설정했으며 1928년 외부에 공개했다. 그가 죽은 후에 그의 저택과 주위 대지는 시에 기증되었고, 이곳은 식물원으로 이름난 Huntington Library가 되었다. 이 Huntington 도서관은 물론 도서관으로 불리지만, 120에이커의 커다란 대지에 도서관, 미술관, 그리고, 식물원이 자리 잡고 있다.

도서관에는 영국과 미국의 역사에 관한 희귀본이 많다. 고급 양피지에 쓴 구텐베르크 성서를 비롯해 일부 대통령들의 손으로 쓴 편지와 문서들을 갖고 있으며 셰익스피어 작품들의 초기 발행본 등 다양한 분야의 소중한 책들이 소장되어 있다. 미술품은 세 개의 전시장에 나뉘어 있다. 갤러리에는 18~19세기 영국과 프랑스 작품들이 전시되어 있다. 게인스보로우의 '푸른 옷의 소년'과 로렌스의 '분홍 옷의 소녀' 같은 유명한 작품들과 르네상스 시대의 그림들과 18세기 조각, 벽걸이 융단, 가구, 도자기 등이 전시되어 있다. 더불어 17세기부터 20세기 중반에 이르는 미국의 예술품들도 많다.

이곳 일부 지역에 옛 일본 집과 정원을 아름답게 꾸며 놓았다. 식물원에는 수많은 종류의 선인장을 비롯하여 장미정원, 동백나무 숲, 등 아열대 나무들이 가득하다. 2008년에 중국 정원이 만들어졌으며, 잘 다듬어 놓은 아름다운 정원 길은 가족이나 연인, 친구들과 더불어 추억을 쌓기 좋은 곳이다.

Beverly Hills에는 본래 Lima 콩을 재배하는 Spanish 농장들이 있었다. 이 근처 지역에 유전개발사업이 활발해지면서 유전 업 종사자들이 이곳에 살고 있었다. Beverly Hills의 탄생은 영화산업과 관련이 크다. 1903년에 영화계의 상징으로 불리는 할리우드가 세워졌으며, 1910년에 LA에 편입되었다.

LA지역이 커지면서 자연환경과 경제적인 여건 때문에 뉴욕에 있던 영화산업이 이곳으로 옮겨왔다. 1900년경 뉴욕에서 영화계에서 종사하던 D.W. Griffith*는 LA지역의 상대적으로 낮은 임금과 특히 온화한 기후에 놀랐다. 또한, 뉴욕과 달리 이 지역은 해양성기후라 단지 겨울에만 비가 오며, 일 년 내내 날씨가 맑다. 바다에서는 언제나 사계절의 풍광을 찍을 수 있으며, 더욱이 높은 산에 가면 겨울에는 물론 봄에도 눈이 있어 또한 사계절의 장면을 촬영할 수 있는 영화 찍기에 적합한 기후다.

이러한 기후조건 때문에 영화계에 종사하는 감독, 배우, 가수를 비롯한 모든 연예계 사람들이 Hollywood로 대거 옮겨왔다. 1915년에는, 미 영화산업의 60%가 이곳으로 옮겨왔으며 할리우드는 영화산업으로 이름난 지역이 되었다. 이러한 연예계의 신흥부자들이 자리 잡은 곳이 Beverly Hills다. 이처럼 헌팅턴 지역과 영화산업의 메카인 할리우드가 번창하면서 LA는 대도시로 바뀌었다.

University of Southern California는 1880년, University of California in Los Angeles는 1919년에 세워졌다. 호기심에 금광이 발견되었던 곳인 Coloma시의 인구를 보니 현재 단지 529명이 살고 있다. 세월의 변화를 느끼면서.

* https://historynewsnetwork.org/blog/14513

LA 한인타운 형성

한인 축제가 LA 한인타운에서 매년 9월 마지막 주에 열린다. 목요일부터 일요일까지 나흘간인데 2019년으로 46번째다. 올림픽과 노만디에 위치한 서울 국제공원에서 개막식을 시작으로 올림픽 거리에서 한인 축제를 위한 시가 행렬이 거행된다. 축제 마당인 서울 국제공원에는 장터가 열린다. 한국의 지방자치단체들이 가지고 온 특산물 엑스포 부스 그리고 LA 한인타운에서 장사하는 가게들이 내놓은 생활용품, 음식과 스낵 부스 등 총 200어 개의 부스가 참여하는 키다란 장터다.

무대 행사에는 노래자랑, 태권도시범과 한국 전통무용, 한복 패션쇼, 경기 민요, 시니어 패션쇼 등이 진행된다. 더욱이 이번 행사는 주위 방글라데시 커뮤니티의 민속춤과 인디오 원주민의 오하카 민속공연, 멕시코의 마리아치 공연 등 타 커뮤니티의 문화공연을 선보인다. 주위 다른 소수민족과 어우러짐은 단순히 우리만의 축제로 그치는 것이 아닌, LA 한인타운에 이웃한 다른 커뮤니티들과 함께하는 좋은 화합의 마당이기도 하다.

미국은 다민족으로 이룩된 이민 국가다. 미국 이민의 역사는 약 1600년부터 시작하여, 약 17만5천 명의 영국인이 북미로 이주를 했다. 17세기 초 약 40만 명의 영국인이 당시 식민지인 미국에 이민을 왔고. 이후 유럽인들이 주로 동해안에 정착하여 이민 사회를 형성했다. 아프리카인들 역시 1600년 후반부터 시작하여 특히 1750년 남부에는 약 20만 명의 흑인 노예들이 살고 있었다. 미국의 서부지역은 스페인 사람들이 점령하고 있었지만, 인구가 그리 많지 않았고, 19세기에 이 지역이 미국 연방에 속하게 되었다.

유럽 사람이 미국에 이민 와서 초창기에는 각 민족이 자기들끼리 모여 사는 지역을 만들었다. 지금은 그러한 지역들이 대부분 없어졌지만, LA에서 북쪽으로 4시간 거리에 있는 Solvang은 상징적인 덴마크 마을이다. 덴마크 언어로 '햇빛이 드는 땅'이라고 불리는데 1911년에 동부 추운 곳에 살던 덴마크인들이 이곳에 정착하면서 타운이 형성되었고, 덴마크의 상징인 풍차와 코펜하겐에 있는 유명한 '인어공주 동상'이 이곳에도 있다.

아시아인들의 이민역사는 1848년부터 시작된 골드러시와 대륙 횡단 철도의 건설로 부족했던 노동자들을 중국으로부터 데려오면서 시작되었다. 그 후 일본 사람들은 더 좋은 생활을 찾고자 1860년대 하와이에 도착했다.

한국 이민은 개인으로는 서재필 박사가 1885년에 미국에 왔다. 미주 한인 이민역사는 1903년 1월 13일, 인천 제물포항을 떠나 두 달여 고진 풍파를 겪은 102명의 생존자가 하와이 호놀룰루 항에 도착하면서 적은 인원으로 시작됐다. 그러나 1965년 미 의회에 통과한 Hart-Cellar Act(*)에 따라 아시아 이민 숫자가 매년 3,000명에서 1970년부터 매년 20,000명으로 늘어났다. 이러한 이민자 수의 증가는 한국과 중국 타운 형성에 커다란 영향을 주었다.

아시아에서 이민 온 이민자 수가 1971년부터 갑자기 늘어나기 시작했다. 이들은 미국의 언어, 문화 등의 장벽을 넘기 힘들어 미국 사람들과 교류하거나 미국 사회에 참여하는 사람들이 적다. 그러다 보니 미국의 문화를 받아들이기보다는, 반대로 그네들의 고국 문화가 이곳에 들어오고 있다. 특히 한국, 중국, 베트남 등 자신의 나라에서 태어나고 자라면서 익힌 생활 방식과 문화를 바탕으로 자신들만의 타운을 만들고 있다. 자기들의 욕구와 편리에 따라 그 영역 내에서 소규모 영업을 운영하다 보니 그들 스스로 고립된 생활을 하게 된다.

실질적인 중국과 일본타운 형성은 1910년부터 LA다운타운 근처에서 시작했다. 이민역사가 길고 인구도 많은 중국 커뮤니티의 경우, LA다운타운에 있는 차이나타운에 이어 동쪽으로 20여 마일 떨어져 있는 Monterey Park에 커다란 타운을 새로 형성했다.

중국 타운과 비슷하게 형성된 일본타운은 1990년 이후 줄어들고 있다. 베트남의 경우는 1970년대 월남 전쟁 이후 미국에 온 베트남 이주민들은 Orange County에 있는 Westminster 지역에 정착하여 타운을 형성했고 이곳을 Little Saigon이라 불린다.

1960년 중반에 LA County의 한인 인구는 유학생과 서독에서 미국으로 건너온 간호사 그리고 광부 등을 포함해서 1만 명보다 적었다. 이들은 LA 다운타운에서 10여 마일 서쪽으로 떨어져 있는 Olympic 거리의 Vermont와 Western 사이 지역에 살고 있었다.

이 지역은 1965년 Watts Riots(폭동)의 여파로 올림픽가 지역에 있는 대부분 점포는 문을 닫았고, 상점들의 창문은 유리가 아닌 합판으로 덮여 있었다. 이러한 주위 환경 때문에 이 지역은 폐허가 됐다. LA지역에 온 유학생들 또는 이민자들은 상대적으로 렌트비가 다른 지역보다 훨씬 저렴한 이 근처에서 생활 터전을 만들기 시작하여 지금에 이른 것이다. K-타운의 상가가 Olympic 거리를 중심으로 발전하기 시작한 이유도 이 지역의 건물 임대료가 다른 지역보다 현저히 저렴했기 때문이다.

1980년 초부터 한인 이민자들이 급격히 증가하면서 K-타운도 커졌다. 1980년 후반, 서울 올림픽 이후 한국 경제가 나아지면서 이곳에 한국 회사의 미주 지점들을 만들었고, 조기 유학생과 유학생들도 이곳에 모여들었다.

그 당시만 해도 몸이 불편하거나, 업무 때문에 병원이나 법률 사무실에 가려면 영어가 필요했으나, 지금은 어디를 가나 한국말로 필요한 업무를 마칠 수 있다. 이제는 한인 변호사, 의사도 있으며, 한국 영화를 주로 상영하는 영화관도 있다. 더욱이 한국에서 이곳에 분점 병원을 개업하기에 이르렀다. 2018년 통계자료에 의하면 LA County의 한인 인구가 23만 명으로 매우 증가했다.

지금은 중앙일보와 한국일보 두 개의 신문사가 있고, 3개의 한국 라디오 채널과 한국어 TV 방송국은 24시간 방송, 방영하고 있다. 그 이외에 LA 근교에 있는 작은 도시에서 만들어지는 한인 지역신문들도 적지 않다. 또한 K-타운과 20마일 떨어져 있는 South Bay에도 한국 식품을 파는 커다란 마켓이 세 곳이나 있다. 이처럼 커다랗게 성장한 K-타운은 '조그만 한국'이라고 해도 과한 표현이 아니다. 근래 들어서는 Orange County에 위치한 Buena Park과 Fullerton에 새로운 한인 타운이 생겼고, 성장의 추이를 보이고 있다.

동포 사회의 경제적 성장과 더불어 정치적인 참여가 기대된다. 미 정계에 더욱 많이 진출해 우리의 목소리를 내고 더불어 한인 사회의 탄탄한 신장은 우리는 물론 이곳 사회에도 보람이 되리라고 생각된다.

* The Hart-Celler Act:

https://en.wikipedia.org/wiki/Immigration_and_Nationality_Act_of_1965

5부

Age is Beauty

인간관계에서
내가 존재한다는 것은 타인이 있기에
존재하고 '나'라는 단어를 사용할 수 있는 것이다.
나 혼자만 존재하고 있다면,
'나'라는 단어도 '너'라는 단어도 필요하지 않다.
'네가 존재하기에 내가 있음'이기에
유아독존(唯我獨尊)이 있을 수 없다는 말이다.

현명한 하루하루의 생활

요즘 친우들과 Bear Canyon에 등산을 자주 다닌다.

집에서 자동차로 약 2시간 떨어져 있는 그곳은 주차장이 넓어서 편리하다. 또 그곳에는 등산을 마치고 식사할 수 있는 테이블과 그릴이 준비되어 있어 산행 후 삼겹살과 고기를 구워 먹는 재미에 이곳을 즐겨 찾는다.

그런데 오늘따라 그곳에 곰이 나타났다고 아예 입구의 문을 닫아 놓았기에 약 20분여분 동쪽으로 내려가 Charlton Plat Picnic Area에 도착했다. 키 큰 소나무가 많고 피크닉 테이블이 잘 정리되어 있어 시원해 보였고 등산객도 적어 조용했다. LA에서 좀 떨어진 곳에 이처럼 아름답고, 한적한 장소가 있다는 것은 감사한 일이다.

산행길은 대부분 좁아서 둘이 같이 걸을 수 없고, 혼자서 길을 걷게 된다. 혼자 걸으며 꽉 짜인 도시 생활을 벗어나 자연과 더불어 하늘과 나무 바위를 보고 나뭇잎도 만지며 이런저런 생각을 할 때가 많다. 이런 게 좋아서 산을 즐겨 찾는지도 모른다. 오늘도 걸으면서 며칠 전 신문에 게재된 나이에 관한 기사 내용을 생각해 본다.

Michigan주 Holland시에 있는 Hope College의 심리학자인 Tom Ludwig에 따르면 사람은 37.8세에 이미 늙고 있다고 한다. 그리고 Pew Research Center Survey의 연구 결과에 따르면, 노인은 68세부터 시작된다고 발표했다. 노인 생활에는 적당한 운동, 6~7시간의 수면과 식사습관이 매우 중요하며, 이러한 생활은 정신 건강과 더불어 인지 건강(cognitive health)에 커다란 영향을 준다고 한다.

또한 뉴욕 맨해튼에 있는 Lenox Hill 병원에서 신경 전문의로 일하고 있는 Dr. Gayatri Devi의 연구에 의하면 긍정적인 마음의 자세는 우리에게 커다란 영향을 준다고 발표했다.* 그분의 재미있는 연구 결과를 보면 한 여성은 나이가 들면 얼굴도 자연히 미워진다고 생각하며 거울도 제대로 보지 않던 노인은 84세에 죽었다. 한편 다른 여성은 물론 젊어서도 예뻤고 그녀는 항시 지금도 나는 예쁘다며 생활하던 노인은 100세를 지난 지금도 생존해 있다고 한다.

불현듯 며칠 전에 친우가 이메일로 보내준 좋은 글이 생각난다.

Accept your past with no Regrets

후회 없이 과거를 받아들여요

Handle over present with Confidence,

자신을 갖고 현재를 처리해요.

And face your future with no Fear.

그리고 두려움 없이 당신의 미래를 맞이하세요.

The best preparation for tomorrow is doing your best today.

내일을 위한 최선의 준비는 오늘을 위해 최선을 다하는 것입니다.

도시의 그늘에서 벗어나 산속에서 소나무 그림자가 드리워있는 테이블에 앉아 산과 어울려진 파란 하늘을 쳐다보니 마음이 맑아진다. 시간의 흐름을 생각해 본다.

그렇다. 분명한 것은 지난 과거에 얽매이지 않기로 했다. 지나치게 내일도 생각하지 말고 주어진 오늘 생활에 충실해야겠다. 역설적인 이야기 같으나 이제 나이가 들어서인지 나이를 생각하지 않고 생활하고 싶다. 지나친 감성에서 벗어나 우리에게 주어진 감성과 지성을 잘 융합하여 오늘을 보람 있게 살아야겠다. 현명한 하루하루 생활을 영위하는 마음의 자세를.

출발했던 지점에 가까이 다가오니 산에 올라갔던 산행 팀들이 다 내려오고, 삼겹살 구이가 다 되었다며 식사하자고 부른다.

* New York times, April 26, 2016, Better Aging through Practice, Practice

Age is Beauty

산행할 때 좁은 길에서는 등산객들과 마주치면 길옆 언덕에서 잠시 쉬면서 상대방이 편하게 등산할 수 있도록 배려한다. 그리고 "Excuse me."라는 말을 한다. 특히 Excuse me라는 말은 어디를 가나 자주 듣는 말이다. 오늘도 산길을 걸으며 이 생각 저 생각에 젖어있다.

회사 내에서도 이들의 배려하는 마음을 자주 본다. 엘리베이터 앞에서 여성 먼저 타라고, "Lady first." 하며, 나이 든 사람 먼저 타라고 "Age is beauty." 한다. 이들은 자라면서 상대방을 배려하는 마음을 배우고 자랐기에 우리보다는 마음속 깊이 배어있다.

한국을 여러 번 방문할 기회가 있었다. 6·25전쟁으로 폐허가 된 나라가 빠른 기간에 커다란 경제성장을 이룩한 모국이기에 자랑스러웠다. 그런데 도덕적 또는 정신적인 면에서 본다면 많은 한국 사람이 지나친 자기 위주의 생활 방식에 잡혀 있지 않나 하는 아쉬움을 여러 번 느꼈다.

복잡한 길이나 상가에서 서로 어깨를 부딪쳐도 그냥 지나쳐가는 사람들, 신문 지면이나 TV 뉴스를 보면 신호등을 무시하고 달리는 차들, 아이들이 공공장소에서 떠들어도 말리지 않는 부모. 자기 동네에 납골당 건립 반대 시위, 여기저기서 계속되는 안전사고, 데모대들이 회사 내에서 농성하는 모습 등의 기사를 볼 때가 많다. 이들에게 배려의 마음이 있다면 이러한 일들은 일어나지 않았을 것이라는 생각을 하게 된다. 법을 지키는 것도 윤리적인 측면에서 본다면 상대방을 배려하는 마음이다.

한국의 빠른 경제성장이 자기중심적인 생각과 행동으로 나타난 게 아닌가 하는 생각을 했었다. 그러나 1993년에 발행된 『한국 수필 베스트 50』 책을 보면 국어학자이며 시인, 수필가, 서울대학교 교수, 동아일보 사장을 지낸 이희승(1896 - 1989) 선생님이 쓴 수필 '딸깍발이'에 다음과 같은 글이 있다.

"현대인은 너무 약다. 전체를 위하여 약은 것이 아니라, 자기중심, 자기 본위로만 약다. 백년대계를 위하여 영리한 것이 아니라, 당장 눈앞의 일, 코앞의 일에만 아름아름하는 고식지계(姑息之計)에 현명하다. 극단의 이기주의에 밝다."

이러한 이희승 선생님의 글을 읽으면서 느낀 것은 우리 민족이 오래전부터 자기중심, 자기 본위만 생각하는 행동이 있었나 보다. 이러한 성격이 어떻게 해서 생겼나 궁금하다. 자라면서 엄마한테서 '울화병' 또는 '화병'이라는 말을 가끔 듣고 자랐다. 이 병은 한국 사람만 갖고 있는 특이해서 병명도 '화병'으로 명시되어있다. 얼마 전 방송국에서 들은 스님의 이야기가 생각난다. 이야기는 대략 이렇다.

어느 날 절에 마음이 아픈 보살님이 찾아왔다. 불경을 드리고 스님과 보살님이 차를 마시며 이야기를 나누고 있었다. 보살님이 대화 도중에 스님에게 물어보았다.

"스님, 제 마음이 아픈 이야기를 해도 좋습니까?" "예, 보살님!"

보살님의 이야기는-.

시어머니와의 불편한 관계, 고부간의 문제, 남편 문제로 속 태운 이야기, 자식들이 속 썩이는 이야기, 못된 친우 이야기 등 열을 올리며 스님에게 계속 푸념을 했다. 이야기를 듣고 있는 스님은 이야기를 들을 때마다 "많이 힘드셨겠네요" "마음이 많이 아팠겠네요" 하며 고개를 끄덕였다.

한 30분 후 보살님이 조용하기에, 스님이 "이제 이야기가 모두 끝 났습니끼?" "네, 스님."

잠시 후 스님이 하는 말씀, "그 아프고 쓰라린 마음을 저에게 보여주실 수 있습니까?"

보살님의 대답은 "그 아픔과 쓰라림이 제 마음속에 있는데 어떻게 스님에게 보여줄 수 있나요?"

이 말을 듣던 스님은 "그 아프고 쓰라린 마음은 모두 보살님 스스로 만든 것입니다. 본인이 그러한 마음을 만드셨으니, 본인이 그 마음을 비워보세요."

우리 각 개인의 모습이 다르고 성격이 다르듯이, 어느 사건이 일어났을 때 그 느끼는 감정은 개인마다 다르고, 스트레스의 정도 역시 차이가 있다.

우리는 한(恨)이 많은 민족이라는 말을 듣는다. 위키백과에서 "한은 못내 분하고 억울하게 여겨져 내 마음속에 맺힌 것을 말한다. 한은 다른 사람으로 인해 원치 않는 상실의 감정들이 오랜 시간 동안 숙성되어 결정처럼 가슴에 맺히는 정서."라고 정의한다. 학자들은 이 한 역시 화병과 같이 '자기만을 위주로 생각하는 마음'이 강하기 때문에 일어난다고 말한다.

인간관계에서 내가 존재한다는 것은 타인이 있기에 존재하고 '나'라는 단어를 사용할 수 있는 것이다. 나 혼자만 존재하고 있다면, '나'라는 단어도 '너'라는 단어도 필요하지 않다. '네가 존재하기에 내가 있음'이기에 유아독존(唯我獨尊)이 있을 수 없다는 말이다.

우리는 상대방을 생각하고, 때로는 상대방에서 나를 쳐다볼 수 있는 즉 상대방을 배려할 수 있는 마음이 필요한 것 같다. 주위 사람을 배려하며 사는 마음은 따뜻하다고 생각된다.

올겨울에는 다른 해보다 유난히 비가 많이 왔다. 지난 5월 LA 근교인 Switzer waterfall이 있는 Bear Canyon에는 비가 많이 온 덕택에 폭포와 개울에 물이 많이 흐르고 나무들이 산뜻한 초록색으로 덮여 있다. 길옆에 파란 풀도, 덤불들도 많이 자랐다. 등산길에서 이 생각 저 생각하다가 돌아오는 길에 물 떨어지는 소리가 난다. Switzer waterfall에서 물이 세차게 떨어지고 있다.

내부 고발자(Whistleblower)

얼마 전 이곳에서 발행되는 한국 신문의 사회면에 Food stamp에 관한 불미스러운 기사를 읽었다.

LA 근방 Pasadena 지역 한인 마켓 업주가 여러 해 동안 푸드 스탬프를 받아 현금으로 바꾸어 주거나, 합법적으로 줄 수 없는 술 또는 생필품이 아닌 물건과 교환해준 혐의로 실형 40개월과 172만 달러의 벌금을 선고받았다고 한다. 푸드 스탬프는 국가에서 저소득층에게 제공하는 바우처로서 이것을 가지고 마켓에서 생활필수품과 교환할 수 있다. 그러나 푸드 스탬프를 현금으로 바꾸거나 생필품 이외 다른 물건을 사는 것은 불법이다.

그런가 하면, 아시아계 한의사가 사기 혐의로 기소돼 중형에 처할 위기에 놓였다는 보도도 있었다. 연방 검찰에 따르면 샌프란시스코 지역의 한의사가 실제로는 이뤄지지 않은 진료에 따른 진료비와 의료비용을 부풀려 건강 보험사에 청구했다고 한다. 5년에 걸쳐 침술, 물리 치료, 마사지 등을 제공하면서 진료 시간 부풀리기, 환자 진료

서류 조작, 환자들이 받지도 않는 치료를 허위로 청구하는 등 여러 불법행위가 드러난 것이다.

미국에 Whistleblower라는 말이 있다. 이를 직역하면 '호루라기 부는 사람' 즉 내부 고발자라는 뜻이다. 더 풀어 말하자면, 정부로부터 자금을 받아 업무를 수행하는 연구기관 또는 방위업체에서 불법 경영을 한다는 사실을 해당 정부 기관에 보고하는 사람을 말한다. 내부 고발자는 법으로 보호를 받는다. 심지어 미국에서는 내부 고발자의 신분 즉 이름 및 ID도 바꾸어 준다. 종종 정부 일을 맡아 하는 방위 사업체 내에 'Whistleblower'를 해 달라는 광고 포스터를 목격하기도 한다.

오래전, 다니던 폭격기를 개발 생산하는 회사에서 일할 때다. 폭격기를 만드는 프로그램을 완성하기 위해서는 여러 가지의 프로젝트들이 선행되어야 한다. 프로젝트들을 성공적으로 완성함으로써 폭격기가 완성된다.

문제의 시작은 한 부서에서 일하던 프로젝트의 일을 다 끝내지 못하고 그 일에 배당된 예산은 모두 사용했다. 때문에 그 프로젝트에서 일하던 직원들은 다른 프로젝트의 예산을 사용하면서 아직 끝내지 못한 일을 하고 있었다. 물론 이러한 일은 위법이다.

회사 내에 직원 한 명이 이 사실을 해당 군 당국에 고발했다. 내부 고발을 한 것이다. 그 여파로 해당 방위업체는 군 당국에 커다란 벌금을 지불했고, 한 달에 한 시간은 전 직원이 강당에 모여 외부에서 초청한 강사로부터 윤리학 강의를 일 년 동안 들어야 했다. 그 후

2년간은 부서별로 인터넷 강좌를 들었다.

외부 강사는 이러한 부정한 일들이 일어날 수 있는 큰 원인은 도덕과 사회적 윤리의 부족 때문이라고 강조했다. 인간의 도덕적인 올바른 행동이 사회 전반에 커다란 영향을 주듯이, 도덕적인 기업 활동은 기업경영에 중대한 영향을 준다고 생각된다. 기업은 윤리적 사고, 가치와 규범을 기반으로 경영활동을 함으로써 소비자를 보호하고 또한 사회적 책임을 질 수 있는 경영활동을 해야 한다.

2008년 미국 증권과 금융 파동의 원인이 된 Lehman Brothers 금융투자회사는 1850년에 설립되어 158년의 역사를 갖고 있었고, 파산 당시 26,200명의 직원이 근무했다. 서브프라임 모기지 부실과 및 파생상품 손실에서 비롯된 6,130억 달러 규모의 부채를 감당하지 못한 이 회사는 결국 2008년 9월에 파산했다. 그 영향은 금융과 증권파동을 초래했고, 하루아침에 미국경제에 커다란 영향을 주었다. 파산선고를 하게 된 가장 중요한 내적인 원인은 기업윤리의 몰락이라고 말한다.

금융 파동 이후에 미국의 경영대학원에서는 '기업 윤리학' 과목을 추가했다. 한편 캘리포니아의 고등학교와 주립대학에서는 2020년 봄학기부터 '윤리학'을 이수해야 한다. 이러한 도덕과 윤리적 생활 방식은 기업뿐만 아니라 우리 사회생활에서도 기본적으로 갖추어야 할 덕목이라고 생각된다.

나이와 행복지수

은퇴한 지 3년이 조금 지났다. 오늘도 아침 일찍 바닷가에 나가 밀려오는 파도에 발목 잠기며 걷고 있다. 이제는 나이가 80세에 가까우니 뛰기보다는 걷는 시간이 점점 많아진다. 밀려오는 파도 소리를 들으며 모래를 밟고 걷다가 몇 주 전에 읽은 심리학지에 실린 글이 생각났다.

얼마 전 대학과 연구기관에서 '나이와 행복지수'의 관계를 연구한 논문들이 발표됐다. UC San Diego에서 21세부터 99세에 이르는 1,500명을 대상으로 나이에 따라 행복을 느끼는 상관관계를 연구한 결과는 "역설적으로 보일 수 있듯이, 사람들은 나이가 들어감에 따라 실제로 행복해진다."라는 사실을 발견했다.

우리는 나이가 들면서 육체 건강이 서서히 약화되지만, 반대로 나이 든 사람의 기분은 실제로 나아지기 시작한다는 것이다. 20대는 스트레스와 디프레스가 가장 높고, 대조적으로 1980~1990대의 사람이 가장 행복한 것으로 나타났다.

Northwestern University와 University at Buffalo에서도 지난 30여 년 동안 연구한 결과를 발표했다. 83개국에서 20만 명을 대상으로 또한 세대별(밀레니엄 세대, X세대 및 베이비 붐 세대)로 1,230명을 선발하여 나이와 삶의 신뢰 즉 긍정적인 마음의 관계를 연구했다. 이 연구 결과 '나이와 삶의 성숙함(지혜)' 사이에 뚜렷한 상관관계가 있다고 발표했다. 이 논문에서 '삶의 지혜가 점점 커진다'라는 표현을 한다. 이야기하는 삶의 지혜란 "공감, 동정심, 자기 지식, 새로운 아이디어에 대한 개방성, 결단력, 정서적 규제, 그리고 자신을 위해서가 아닌 다른 사람들을 위해 점점 더 많은 일을 하는 것"을 포함한다.

두 연구 모두 같은 결론에 도달했다. 사람들이 나이가 들면서 더 마음을 열게 되고, 점점 밝은 면을 보고 훨씬 더 긍정적인 관점에서 세상을 보기에, 결과적으로 더 행복해진다는 사실이다. 우리는 친구와 함께 거피 한 잔을 나누거나 또는 개와 함께 산책하면서도 행복과 감사함을 느낀다.

한인사회에서 나이가 70대 중반을 넘은 사람들의 대화 내용은 건강에 관한 이야기를 비롯해서 나이가 듦에 따라 생활 범위가 좁아지고, 외부와의 접촉이 적어지니 고독보다는 외로운 적막함이 다가온다는 이야기도 많이 한다. 아마도 국한된 이민 사회이기에 더욱이 나이 든 사람들의 활동 범위가 더군다나 제한되어서일까.

고독은 주위 사람들과 접촉, 관계, 연락이 없기에 느끼는 소외된 마음 상태를 말한다. 고독은 혼자 있어도, 때로는 대중 속에서도 느낀다. 그러나 나이 들어서 갖게 되는 적막감은, 고독과는 달리, 앞으로 살아갈 날이 많지 않기에 위축감, 초조, 외로움 등 때문에 기인하는지도 모른다. 더욱이 가까웠던 친구가 먼저 떠나가면 의지할 곳이 없기에 적막감은 더 크게 온다.

나이 많은 세대에게는 소유보다는 내적인 나의 존재가 중요하다. 직장을 얻고 출세하며 집을 사고 좋은 차를 장만하는 등의 재물형성에 대한 욕구 즉 소유욕은 젊은 세대의 몫이라고 여겨진다. 우리도 이러한 과정을 지나지 않았나? 젊은 사람들의 생의 목표가 소유라고 한다면, 나이 든 세대는 소유를 벗어난 '자신의 존재를 찾는 마음'이 요구되는 것이 아닐까?

연구 보고서는 나이 많이 사람들이 충만한 내적인 존재를 인식하고 있기에 행복하고 매일 생활에 감사함을 느낀다고. 그리고 '삶을 관조하면 그대 그리고 나. 모두가 존귀한 존재임을 깨닫게 되고, 그럼으로써 마음이 따뜻해지고 주위 사람이 소중한 존재임을 깨닫게 된다'라고 한다.

아마도 건강, 금전, 마음의 평화 (내적인 나의 존재)를 긍정적으로 잘 부합시키는 일이 '충만한 내적인 존재'가 아닌가 생각된다. 물론 지나간 젊음이 부럽지만, 잡을 수 없는 흘러간 과거에 얽매이기보다는, 오늘이라는 현재에 충실하고 건강한 육체를 위해 각자의 몸에 맞게 운동하는 의지가 필요하다. 우리가 젊은 시절에 열심히 일해서 돈을 저축해 훗날 편안한 생활을 대비하듯이 오늘의 운동 역시 내일의 건강을 위한 저축 운동이다.

나이 많은 우리는 재물의 축적은 잊어버리고, 현재 갖고 있는 재정적 형편에 맞게 생활하려는 마음의 자세가 요구된다. 나이가 들면서, 긍정적인 관점에서 세상을 바라보고 유머 감각과 활력, 세련미, 상대를 편안하게 하는 마음의 준비 등 다른 사람의 호감을 사는 긍정적인 태도가 요구된다. 이것이 바로 세월이 지남에 따라 쌓이는 지혜와 마음의 여유가 아닐까?

더욱이 앞으로 살날이 많지 않다고 느끼는 우리는 자기 나름대로 생활 계획을 세워 이행하고, 주어진 시간을 현명하게 사용해야 한다.

사랑으로 가득하게 차 있는 삶을 누리고. 세상을 선한 눈으로 바라보는 마음의 자세를 갖도록 노력해야 한다. 그렇게 함으로써, 우리는 하루하루를 감사하게 보낼 수 있는 생활이 되겠지. 이러한 삶이 훨씬 더 매력적이고 중후한 멋을 풍기는 것이라고 생각된다. 더불어 주님을 의탁하는 마음은 내적인 마음의 평화를 가져다주는 지름길이다.

현재 내 존재의 재빌건과 동시에 우리가 존재함에 대한 감사의 마음이 있어야겠다. 같은 맥락에서 루즈벨트 대통령 부인인, Eleanor Roosevelt의 글이 생각난다.

Beautiful young people are accidents of nature,
but beautiful old people are works of art.
"아름다운 젊음은 우연한 자연현상이지만,
그러나 아름다운 노년은 예술작품이다."

여러 요소가 합성되어 이루어지는 예술작품은 쉽게 그냥 만들어지는 것이 아니듯이, 행복한 노년이 되기 위해서는 여러 면에서 계속된 노력이 필요하겠지.

이 생각, 저 생각하면서 걸으며, 파란 하늘에 동그라미를 여러 개 그려 보았다 지웠다 계속한다. 이러한 생각을 한다는 사실이 즐겁다. 발목이 바닷물과 모래에 완전히 젖었다. 이제 도착지점에 거의 다 다가왔다.

탄로가(嘆老歌)

은퇴한 후, 주위 친구들과 산행하러 자주 간다. 산길 따라 한 발두 발 걷기 시작한 걸음이 한 시간 정도 되면 온몸이 땀에 젖어 든다. 힘들어도 정상에 다다르도록 노력한다. 산 정상에 오르면 육체적으로는 산꼭대기에 서 있는 것뿐인데, 나 자신이 정한 목표를 이룩했다는 성취감 때문인지 마음이 뿌듯하다.

산속에서 자연과 더불어 맑은 공기를 마시니 기분이 좋다. 산길따라 걸으면 건강에도 좋고 또한 이런저런 생각에 빠지는 마음의 여유 때문에 등산을 자주 즐긴다.

이제 나이 70세는 노인네가 아닌가 보다. 2015년 유엔에서 파격적인 연령 기준을 발표했다. 현대 의학의 발전으로 건강 상태가 좋아지고 이에 수반하여 평균 수명도 늘어남에 따라 새로운 나이 구분을 만들었다. 즉 18~65세는 특별한 세부 구분 없이 일괄적으로 청년으로, 66세~79세는 중년, 80세 이상은 노인, 100세를 넘으면 장수

노인으로 구분했다.

얼마 전에 『Use Your Brain to Change Your Age: 뇌를 사용하면 당신의 나이가 변한다』라는 책이 커다란 인기를 끌었다. 이 책은 임상 신경과학자이며 정신과 전문 그리고 뇌 의학 분야의 세계적인 권위자인 Daniel G. Amen이 2012년 2월에 서술했다. 의학박사 아멘은 이 책에서 7가지의 예를 들어 우리는 뇌의 기능을 바꿈으로써 생활을 향상 시킬 수 있는 방법을 제시하고 있다. 또한, 10가지의 사례를 들어 각 사례마다 문제점을 지적하고 이를 극복하는 방법을 제시하고 있다.

Amen Clinic 연구에 따르면, '오래 산다는 것'에 30% 정도는 타고난 유전인자에 기인하고, 나머지 70%는 자기의 두뇌(전두엽, 前頭葉)를 어떻게 사용하느냐에 따라 인간의 수명이 좌우된다고 말한다. 전두엽(Prefrontal Cortex; PFC)은 기억력, 사고력, 추리, 계획, 운동, 감정, 문제해결 등 정신작용을 관장하며 다른 영역으로부터 들어오는 행동과 정보를 조정하는 역할을 하고 있다. 이 때문에 젊기 위해서는 뇌의 향상을 강조하고 있다.

건강한 뇌 활동은 우리가 활기차게 생활하는 데 커다란 핵심 역할을 한다. 즉 전두엽에 좋은 영향을 줌으로써 활기찬 삶을 영위할 수 있고 이는 곧 우리의 정신적 나이를 젊게 만든다.

건강한 뇌 활동을 하기 위해서는 생활이 일관적이고, 인지하고, 신중한 행동을 하며 건강식 음식을 섭취하고 운동을 즐기는 사람이 되어야 한다고 말했다. 또한 계속 배우려는, 체계적으로 계획이 있는, 도덕적 의무감이 강하고, 자제력이 강한 사람이 되도록 노력해야 한다고 요구한다.

의학박사 아멘에 따르면 이러한 생활 태도는 우리 삶에 커다란 활력소를 넣어 주며 노화 과정을 반전시켜 우리 인생을 변경할 수 있다고 말한다. 더불어 연구진은 무사태평한 태도를 가진 사람들은 일반적으로 본인의 건강관리에 태만해 장수하지 못할 확률이 높다고 경고한다.

쉬운 일은 아니지만, 각자에게 맞는 목표와 꿈을 가지고 계속 뇌의 활동을 해야겠다. 요즈음 SNS, 카카오톡 그리고 이메일 등에 노년의 준비를 위한 좋은 이야기들이 많이 들려온다. 아멘이 이야기하듯이 'Avoid bad, do Good!'이 우리가 해야 할 근본적인 일이다.

노화 현상에 대한 새로운 사실을 알았다. 노화 현상은 시간이 흘러감에 따라 점진적으로 진행되는 것이라고 여겨왔다. 그러나 지난 2019년 12월 스탠퍼드 대학교 신경과학자 토니 와이스 코레이(Tony Wyss Coray) 교수는 혈장 단백질 수치와 나이 변화에 관한 연구 논문을 발표했다. 이 연구 결과에 따르면 인간의 노화 현상은 시간이 흐름에 기인하지 않고, 혈장 단백질 수치의 변화에 따라 일정한 기간에 크게 나타난다. 즉 34살, 60살, 78살에 급속한 퇴보 형성이 발생한다는 놀라운 사실을 발견했다.*

'백 세 인생'이라는 노래가 유행하듯이 누구나 오래 살기를 원한다. 앞서 연구한 사실들을 살펴본다면, 분명 80세부터는 노인 세계에 들어가게 된다. 내 나이 곧 80세에 접어드니 좀 늦었지만, 이제라

도 아멘이 저술한 '뇌를 사용하면 당신의 나이가 변한다' 라는 책의
내용을 잘 관찰하고 새로운 마음으로 건강한 노년 생활을 위한 마음
의 준비를 해야겠다.

요즘 동서양을 막론하고 '젊음은 시간의 흐름이 아니고 마음의 상
태 (Youth is not a time of life—it is a state of Mind)'라고 말한
다. 그러나 육체의 흐름은 분명 다름을 알 수 있다.

은퇴한 장로인 문정일 교수가 편집한 『한국의 명시 감상』에 전해
오는 시조 중 가장 오래된 작품인 탄로가(嘆老歌)가 있다.

한 손에 막대 들고 또 한 손에 가시 쥐고

늙은 길 가시로 막고 오는 백발 막대로 치려 터니

백발이 제 먼저 알고 지름길로 오더라.

위의 시조는 고려 후기 학자인 우탁(禹倬)의 시조다. '늙음의 세월'
이 다가오지 못하게 가시와 막대기로 막으려고 하지만, 흘러가는 세
월을 거역할 수 없는 인간의 한계성을 표현한 해학적인 글이다.

자연의 흐름을 인간이 어찌 막으랴!

To accept and even enjoy advancing age is

one of the great arts of living.

나이를 받아들이고 노년을 즐기는 것은

삶의 위대한 예술 중 하나입니다.

이 생각 저 생각하면서 내려오니 고기 굽는 냄새가 솔솔 들어온다. 도착지점에 거의 왔나 보다. 오늘도 자연 속에서 나무들과 함께 숨을 쉬고, 산길 걸으며 이 생각 저 생각 하다 보니 나 자신이 엄숙해지는 기분이다.

*http://med.stanford.edu/news/all-news/2019/12/stanford-scientists-reliably-predict-peoples-age-by-measuring-pr.html

집콕해 있어요

Covid-19로 자의 반 타의 반으로 행동의 제한을 받고 있다. 특별한 일 없으면 외부에 가지 않은 지도 8개월이 지났다. 얼마 전 친구와 통화 중에서 들은 몇 마디가 재미있었다. 이제 나이가 들어 집안에만 있는 사람을 '집콕', 더욱이 방에만 있는 사람을 '방콕'이라고부른다는 이야기다.

요즈음 마음대로 친구들을 만나 이야기할 수가 없다. 더욱이 동호인들과 그림을 함께 그리지 못하고, 자주 다니던 Gym에도 갈 수 없어 답답할 뿐이다. 물론 식당 내에서 식사할 수 없어 불편하지만,은퇴했기에 커다란 불편이나 지장은 없다.

집에서 보내는 시간이 전보다 많기에 자연스레 뒷마당에 자주 나간다. 계절 따라 할 일이 있어 나에게는 커다란 마음의 위안이 된다.지난 7월 초에 복숭아 수확이 끝나고, 올해는 대추가 유난히 가지마다 수북하게 열렸다. 감사하게도 올해 처음 감나무에서 열 개의 열매를 수확하는 기쁨을 가졌고, 두 그루 있는 무화과나무에서도 첫 수확을 얻었다.

채소밭에서도 늦여름까지 따 먹은 토마토에 감사하고, 여름 내내 상추를 따서 고기와 잘 먹었다. 가지도 나물로 맛있게 무쳐 먹었으며, 고추도 따서 반찬으로도, 나중에 김치 만드는 데 사용하기 위해 햇빛에 말려서 그릇에 담아 두었다. 물론 이러한 음식은 아내가 맛있게 요리한다.

9월 중순에 고추와 가지의 수확을 마치고 그 밭에 무씨를 뿌렸다. 씨를 뿌린지 10여 일 후에 새싹을 뽑아 정리해 주었더니 11월 중순부터 땅에 박혀 있는 무뿌리가 커다랗게 보인다. 먹음직스럽다.

며칠 전 『생활 속의 고사성어』를 읽다가 지금의 환경을 이야기하는 듯한 재미있는 시조를 읽었다. 조선 인조 때 영의정을 지낸 신흠 (1566~1628) 선생이 쓴 인생의 세 가지 즐거움을 이야기한 시조다. 화선지에 써 보았다.

> 閉門閱會心書　폐문열회심서
> 開門迎會心客　개문영회심객
> 出門尋會心境　출문심회심경
> 此乃人間三樂　차내인간삼락
> 문 닫고 마음에 드는 책을 읽는 것
> 문 열고 마음에 맞는 손님을 맞는 것
> 문을 나서 마음에 드는 경치를 찾아가는 것
> 이것이 인생의 세 가지 즐거움이다.

이 시조를 읽으면서 현재 내 생활과 커다란 차이가 없다고 느꼈다. 인위적으로 문을 닫는 것이 아니라 밖에 제대로 나갈 수 없으니 책장에 있는 책 먼지 털어 읽고, 가까운 친구들을 넓은 뒷마당에서 거리를 두고 만나 차를 마신다. 그래도 답답하면 집에서 점심을 만들어 자동차를 타고 2~3시간 이내에 갈 수 있는 산이나 들로 나가 마음을 달래기도, 바람을 쐬기도 한다.

곧 겨울이 다가오니 뒷마당 꽃밭과 채소밭에 남아 있는 잡초들을 뽑아내고, 화단에는 닭똥이나, 참기름을 짜고 남은 깻묵을 사서 뒷마당에 뿌려야겠다. 자연과 더불어 생활할 수 있는 공간이 있기에 그리고 올해 농사에 감사하며.

역지사지(易地思之)

얼마 전, LA에서 열린 서예 전시회에 갔었다. 전시장에서 전통 서예를 가르치는 선생님이 캘리그래피 작품들을 보면서 "저런 글씨체는 서예도 아니다."라는 말을 들었다. 그 말을 듣는 내 마음이 불편했다.

근대 서예에는 두 가지 다른 글씨체가 있다. 오래전부터 내려오는 전통 서예와 2000년부터 시작된 현대 서예, 영어로 Calligraphy가 있나. 미국에서 캘리그래피는 펜으로 아름답게 쓰는 글씨 혹은 서예를 뜻하기도 한다. 한국에서는 캘리그래피를 전통적인 서예 기법에 현대적인 감각을 담아 쓰는 글씨라고 부르며 전통 서예와 구분하고 있다.

서예도 다른 예술과 같이 작가마다 본인의 특성이 있어 글씨체가 서로 다름을 알 수 있다. 예술작품들이 서로 다르듯이 관람자들 역시 자기의 취향이나 생각에 따라 본인들이 좋아하는 작품들이 있는 것이다. 자신을 기준으로 본인이 좋아하지 않는다고 다른 사람 역시 그렇게 받아들여야 한다는 나만 제일이라는 생각은 바꿔야 한다.

우리나라는 1970년 초 해외에 수출하는 주요 품목은 섬유류와 합판, 가발이었고, 1980년에는 의류 분야의 성장이 두드러졌다. 이 시절 외국 바이어가 일본과 한국에 출장을 다니면서 두 나라 세일즈맨과 만난 이야기가 유머로 떠돌아다녔다.

한 외국 바이어가 일본에 들러 세일즈 맨들과 무역협상을 나누었을 때의 이야기다. 첫 미팅을 3명의 세일즈 맨인 다나카, 이토, 야마모토가 함께했다. 다음 미팅에 이토가 나오지 않자 외국 바이어가 "왜 이토가 나오지 못했냐?"고 물었다. 두 세일즈 맨은 "이토가 회사 일이 바빠서 오늘 나오지 못했는데, 우리 둘이서 잘 도와주겠다."라고 한다.

그다음 모임에는 다나카가 미팅에 나오지 않아 물으니, 회의에 참석한 두 사람의 대답은 "회사 일이 바빠서 다나카가 나오지 못했는데, 우리 둘이서 잘 도와주겠다."라는 것이다. 일본에서 일을 마친 이 바이어는 한국에 왔다.

한국에서도 세 명의 세일즈맨, 김갑돌, 이을돌, 최철수 세 명이 함께 첫 미팅을 했다. 다음 미팅에 이을돌이 나오지 않자 외국 바이어가 "왜 이을돌이 나오지 못했냐?"라고 물었다. 자리에 있던 두 세일즈맨은 "이을돌이 없어도 우리 둘이서 잘해 줄 터이니 걱정을 하지 말라."라고 대답한다.

그다음 미팅에는 김갑돌이 참석 못 해서 바이어가 물으니 회의에 참석한 두 세일즈맨의 대답은, "우리가 김갑돌보다 더 많이 알고 있으니 걱정을 하지 말라."라는 했다는 이야기다. 마지막 미팅에는 최철수이 참석 못 해서 물으니 "우리 둘이서 잘해 줄 터이니 걱정을 하지 말라"라는 같은 내용의 대답을 했다. 이들의 속내는 "내가 제일 많이 알고 있다."라는 이야기를 하고 싶은 것이다.

결국, 외국 바이어는 한국에서 빈손으로 출국했다고 한다. 아마도 이 농담은 "자기가 많이 알고, 제일이다."라는 사고방식을 꼬집은 뼈 있는 유머가 아닌가 생각된다.

한국에서 들어보지 못한 이야기를 이곳에서 TV 뉴스에서 들었다. 1981년 월드 시리즈에서 토미 라소다 감독이 이끄는 로스앤젤레스 다저스는 월드 시리즈 6회전에서 9대 2로 뉴욕 양키스를 이김으로써 게임 스코어 4대 2로 월드 시리즈 우승팀이 되었다.

당시 기자가 다저스팀의 감독에게 승리한 기분이 어떠냐는 질문을 했다. 그는 다저스 선수들이 잘했다고 칭찬했지만, 곧이어 상대 팀을 칭찬했다. 2등인 뉴욕 양키스팀이 잘했다고 추켜세워주는 이야기를 듣고 놀라지 않을 수 없었다. 한국에서는 본인 팀이 잘했나는 말과 함께 2등한 팀이 잘못했다고 부정적인 이야기를 하는데.

선의 아름다움을 종이 위에 미적으로 표현하는 시각 예술이라고 볼 수 있는 서예를, 자기 본위의 생각을 접고 상대방의 입장에서 작품을 평할 수 있는 마음의 자세를 바꾸어 본다면 어떨까? '남과 처지를 바꾸어 생각한다.'라는 역지사지(易地思之)가 생각난다. 서예 전시회장을 돌며 계속 그 사자성어가 머릿속을 맴돈다.

역사의 흐름과 지금

역사의 기록에 관한 학설 가운데 "역사의 기록은 당시에 기록된 내용을 있는 그대로 받아들여야 한다."라는 이야기가 있다. 다시 말하면 역사의 사실을 현재의 시점에서 재조명해서 다시 쓰지 말라는 뜻으로 해석된다. 주된 이유는 그 당시의 사회상이나 환경이 지금과 다른데, 그 당시의 사건이나 기록을 지금의 위치에서 보는 견해로 해석하지 말아야 한다는 의견이라고 생각된다.

우리의 감성이나 마음가짐은 과거가 아닌 현재에 있다. 그 때문에 당시 역사의 기록을 바꿀 수는 없다. 그러나 그 당시 역사의 배경으로 만들어진 조형물, 상징물이나 건물의 명칭 등을 우리가 살고 있는 시대에 맞추어 바꾸기도 한다.

지난 2020년 5월 25일 미네소타주에 있는 Minneapolis에서 경찰들이 흑인 George Floyd를 수갑을 채운 채로 길바닥에 눕히고 9분 가깝게 목을 눌러 결국 죽인 사건이 발생했다. 이 사건이 주요 TV 뉴스로 나오자 미 전국 각 도시는 물론 해외 여러 나라에서도 조지 플로이드의 죽음을 애도하며 동시에 흑인 탄압을 저항하는 항의 밀물이 넘쳐 전 미국으로 퍼져나갔다. "No Justice, No Peace!" "Black Lives Matter."

이와 함께 버지니아 주에 있는 Richmond시에서도 Robert E. Lee 장군 동상 앞에서 항의 데모가 일어났다. 로버트 리 장군 동상 설립은 남북전쟁이 끝난 지 52년 후에 1917년에 백인 우월주의자들의 제안으로 주 정부가 승인하여 1924년에 세워졌다.

남부 연합 장군이었던 로버트 리는 버지니아주 출신으로 1859년 노예제도 반대 활동가 존 브라운(John Brown)이 주도한 '하퍼스 페리 봉기사건'을 진압했으며 1862년부터 미 남북전쟁이 끝나던 1865년까지 북군에 맞서 싸웠다.

남부에 흑백문제로 인종차별의 문제가 있을 때마다 로버트 리 장군 동상은 특히 흑인에게는 과거 억압과 증오의 상징이라며 그 동상을 없애자는 여론이 일어나고는 했었다.

2015년 경찰의 과잉 진압 때문에 흑인 9명의 교회 신자가 죽었을 때에도 로버트 리 장군 동상을 제거하라는 주민들의 항의가 컸다. 드디어 지난 6월 3일 버지니아주 주지사는 가능한 한 빨리 동상을 제거하기로 주 정부에서 승인이 났다고 발표했다.

비슷한 일이 한국에서 2019년 3·1운동 100주년 기념일을 맞아 발생했다. 일제 잔해를 없애기 위한 운동의 일환으로 어느 지방 초등학교에 전시된 역대 교장 선생님의 사진 중에 일본인 교장 사진을 떼어 놓는 것을 TV에서 보았다. 일본 교장 사진과 Robert E. Lee 장군 동상이 그 자리에 있든 없든 그 사건 자체의 역사적인 사실에는 아무런 변화가 없다. 단지 그 초등학교에서 일본인 교장 사진이 또한 Richmond 시에 로보트 리 동상이 사라졌다는 물리적인 변화뿐이다.

지난날 이승만 대통령 동상과 박정희 대통령 동상이 여러 곳에 있었으나 지금은 찾아볼 수 없다. 국부라고 불렸던 이승만 대통령 정부는 1960년 3·15 부정선거와 부정·부패를 했다. 4·19 민주혁명으로 이승만 대통령은 하야했고, 하와이로 망명했다. 그 이후 국민은 이승만 동상들을 파괴해 버렸다.

1961년 5·16 군사혁명으로 정권을 잡은 박정희 대통령은 10월 유신을 통한 헌정 파괴, 노동 운동 및 야당 탄압, 군사 독재 등으로 민주주의를 후퇴시켰다. 박정희 대통령은 1979년 10·26 암살사건으로 서거를 했고, 당시 독재 정권의 타도를 외치던 국민이 박정희 대통령 동상 역시 없애 버렸다.

물론 정치를 잘한 것은 아니었으나, 지울 수 없는 역사적 사실이다. 두 대통령의 동상을 몇 개라도 남겨놓고, 차라리 우리는 동상을 보면서 '그러한 정치적 역사를 되풀이하지 않는 산 교육으로 생각'하는 것이 더욱 큰마음이 아닐까 하는 생각도 해본다. 물론 우리가 역사적인 좋지 않은 사실을 알고 있는 것과 우리에게 좋지 않은 행실을 한 사람의 모습을 현실적으로 보는 것과는 커다란 마음의 차이가 있음을 부인할 수 없지만.

지금도 열차는 달린다

기차가 떠납니다. 이 기차는 언제, 어디에서 출발했는지 또한 어디까지 가는 지 아무도 모릅니다. 알 수 있는 것은 역마다 새로 타는 사람도 내리는 사람도 있습니다. 분명한 것은 모든 승객이 울면서 기차에 타고 긴 잠을 자면서 기차에서 내립니다. 인생 열차라고 부릅니다.

아기가 새로 태어날 때 아기는 울고 있으나, 주위에 있는 부모와 친지들은 웃으면 반가워합니다. 그런가 하면 어느 한 사람이 곱게 마지막 긴 잠을 자고 있는데, 옆에 있는 친지들은 이분이 돌아가셨다고 울고 있습니다. 아마도 우리 인생의 처음 모습과 마지막 모습이 아닌가 생각됩니다.

분명한 것은 모든 사람이 각자 자기들에 해당되는 역에서 내렸다가 다시 열차에 타고는 합니다. 그 역들은 각자에 따라 다릅니다. 초. 중. 고등학교역, 대학, 군대, 직장, 사랑, 결혼 등 일반적인 역들도 있습니다. 기차 여행하면서 좋은 이야기도 듣고 있습니다. 들려드리겠습니다.

중년 여인이 물지게를 어깨에 지고 동네 우물에서 물을 길어 2년 동안 집으로 오고는 했답니다. 물이 새지 않는 물통은 스스로 자랑스러웠습니다. 그러나 다른 쪽의 깨진 물통은 길가에 물을 흘리고 집에 오면 물통에는 물이 반만 남아 있어 항시 마음에 부담을 갖고 있었습니다.

어느 날 용기를 내어 여인에게 말을 했답니다. "길거리에 물을 흘리고 다녀 집에 도착하면 반 통밖에 되지 않는 나 자신이 부끄럽습니다."

그 여인은 웃으면서, "너, 길 한쪽에는 꽃이 없고 다른 쪽에는 꽃이 피어 있는 것을 보았니! 나는 너를 잘 알고 있었기에 길 한편에 꽃씨를 심었고, 너는 매일 그곳에 물을 주고는 했지."

"지난 2년 동안 길가에는 아름다운 꽃들이 피었고, 이 테이블도 그 꽃으로 장식했지 않니! 너에게 그러한 점이 없었다면, 이 집에 아름답게 꽃장식을 못 했겠지. 우리는 모두 안 좋은 점도 갖고 있단다. 그러나 그 안 좋은 점도 다른 면에서 보면 장점도 된단다."

우리가 살고 있는 세상에 완전한 사람이 없듯이 우리 모두 단점을 갖고 있습니다. 우리 각자가 가진 균열과 결함을 긍정적인 생각으로 산다면 우리 삶은 매우 흥미롭고 보람이 되겠지요.

때로는 사회변동 때문에 모르는 사이에 새로운 역들도 생깁니다. 이 역들에도 사람들이 타고, 내리고는 합니다. 우리가 알고 있는 사회변동 때문에, 8·15광복, 6·25전쟁의 아픔, 1·4후퇴의 피난 생활, 3·15부정선거, 4·19데모와 5·16쿠데타, 5·18민주화 운동, 서울 시청 앞 광우병 시위, 애처로운 세월호 사건, 촛불집회, 대통령 탄핵 등의 역들을 지났습니다.

기차는 계속 달리고 있습니다. 이혼 역에서 내렸던 분이 달리는 열차 내에서 열심히 청소를 합니다. 함께 타고 있는 승객이 물어봅니다. "당신은 어찌하여 그리 혼자서 열심히 청소를 합니까?"

그분은 "말을 배우는 데는 2년이 걸리지만, 삶을 터득하는 데는 60여 년이 걸린 것 같습니다. 80세를 향하는 지금도 배우고 있습니다. 화난 일들을 노트에 적어 놓고 다음 날 읽어 보세요. 그중 몇 마디가 중요한가를? 아직도 마음에 상처가 있다면, 며칠 후에 또 읽어 보세요. 그 언제 인가는 없어집니다. 그래도 아직 마음 한구석에 마음의 아픔이 남아 있다면." 하면서 종이에 쓴 글을 넘겨주고 청소를 계속합니다. 그 넘겨준 종이에 쓰인 몇 마디.

어느 보살님이 절에서 사용하던 촛대와 향로 등 놋쇠 그릇을 닦으며 혼자서 중얼거리는 이야기 "이 그릇들에 묻어 있는 때를 깨끗이 닦아 없애듯이 금생에서 내가 알게 모르게 저질러 놓은 죄를 모두 닦이내자."

열차는 달리고 있습니다. 이 열차에 타고 있는 나 역시 언제인가는 긴 잠에 들면서 열차에서 내리겠지요. 1996년부터는 백양사 고불총림 방장으로 후학들을 인도하시던 서옹스님이 말씀하신 한 구절이 생각납니다. "가득 찬 그릇은 넘쳐 버리지만, 비어 있는 그릇에는 담아지는지라."

마음을 채우면 더 채우고 싶은 욕망이 생기나, 차라리 비우면 내가 갖고 있는 모든 것에 감사함을 느끼는 마음이 아닐까요? 전에는 이러한 생각을 해본 기억이 없습니다. 젊었을 때는 내 육체적 건강이 그리고 하는 일들이 당연하다고 느꼈습니다.

이제는 내가 하는 일들 하나하나에 감사합니다. 우연히 기억하고 있는 좋은 문구가 생각납니다.

오늘이 있다는 것은 축복을 받는 일입니다.
당신이 우울하면, 당신은 과거에 살고 있고
당신이 불안하다면, 당신은 미래에 살고 있으며
당신이 평화스럽다면, 당신은 현재에 살고 있습니다.

이제는 마지막 인생 역에 가까워졌는지도 모릅니다. 나에게 주어진 명제를 스스로 풀어야겠지요. 내일도 중요하지만, 현재가 있기에 내일을 기다려 볼 수 있는 오늘의 나 자신을 잠시 돌이켜 보고 있습니다. 나이가 많아지니까 아침에 건강하게 일어날 수 있음에 그리고 내가 즐기며 할 수 있는 내적 그리고 외적인 모든 일에 감사합니다.

밀려오는 파도에 발목 잠기며 걷고 있습니다. 파도 소리를 들으며 모래를 밟고 걷다 보면 지나간 옛일들이 떠 오르기도 합니다. 오늘따라 나머지 주어진 인생을 어떻게 보낼까 하는 생각이 더욱 강하게 밀려옵니다. 나이 든 사람이면 그 누구나 생각해 보는 과제일 것입니다.

지금도 열차는 달리고 있습니다.

언어 폭력

매일 카카오톡, 인스타그램, 페이스북, 트위터 등 다양한 Social Network Service(SNS)를 이용하고 있다. SNS는 사회생활의 거리를 좁혀주고, 신속한 정보, 지식습득, 정보수집, 인맥 확대 등의 장점 때문에 우리 생활의 일부가 되었다.

반면 개인 정보 유출과 신뢰성 없는 정보, 또 악플을 달아 상대방을 괴롭히는 일들이 빈번히 발생한다. 때로는 사회에 커다란 사건을 악용하거나, 또는 전체의 흐름보다는 일부 단어에 집중해서 혹은 지나치게 본인의 감정을 앞세워 좋지 않은 이야기나 글을 써서 외부에 노출시키는 사람들이 있다.

요즈음 중국 우한에서 발생한 Covid-19은 전 세계를 휩쓸고 있으며 수많은 사람이 죽어가고 고통을 받고 있다. 이러한 외중에 뉴스 미디어에 의하면 유럽과 미국, 한국에서도 아시아인 또는 중국 사람들에게 차별하는 글을 표현하거나 행패를 부리는 일들이 일어나고 있다.

얼마 전 뉴욕 맨해튼에서는 지나가는 한국 여성이 마스크를 쓰지 않았다고 욕을 하면서 얼굴을 때려 턱에 손상을 입힌 일이 일어났으며, 또한 걸어가는 아시아 여성에게 다가가 침을 뱉고 머리채를 끌어당기는 일도 발생했다. LA 근교 San Fernando Valley에 있는 고등학교에서 16세 된 Asian-American 학생에게 행패를 부린 일도 있었다. 서울에서도 '중국 사람은 출입금지'란 글자를 식당 앞에 붙여 놓는가 하면 인종차별에 관한 이야기를 한국 TV 뉴스에 보도되고 있다.

우리가 살면서 간혹 비방하는 소리 또는 헐뜯는 말을 듣는다. 그러나 언어의 폭력은 물론 악성 댓글은 더 커다란 사회문제를 일으킨다. 4·15 총선이 끝난 후 어느 신문 기사에서 "태구민(태영호) 국회의원 당선인에 대한 탈북민 차별주의적 조롱을 담은 글과 사진이 반대편 성향의 네티즌 사이에 유행하고 있다."라는 기사를 읽었다.

더 한심한 일은 4·15선거가 끝난 며칠 후 시인이자 상지대 명예교수인 모 씨가 "대구는 독립해서 일본으로 가시는 게 어떨지!"라고 페이스북에 글을 올렸다는 신문 기사가 있었다. 물론 비판이 쇄도하자 글을 삭제하고 사과했다. 비유를 했다고 하지만 학문과 지성의 전당에서 젊은 학생들을 가르치는 대학교 교수가 이처럼 상식에 벗어난 비유밖에 할 수 없는지 안타깝다. 더욱이 마음 아픈 일은 안 좋은 댓글 때문에 자살한 젊은 연예인들도 여러 명이 있다.

이러한 뉴스 미디어를 읽고, 듣다가 우연히 불교방송에서 들은 한 스님의 이야기가 떠올랐다.

어느 절에서 고승과 동행하는 수행승, 두 스님이 한나절 떨어져 있는 다른 산사로 가기 위해 아침 일찍 길을 떠났다. 점심때가 되어 주막에 들렀는데 건너편에서 술 취한 젊은이가 느닷없이 고승에게 온갖 욕설을 퍼부으며 덤벼들었다. 고승은 말대꾸 없이 조용히 계속 식사를 하고 있었고, 이 광경을 보던 수행승은 혼자서 열을 받았다. 두 스님은 조용히 식사를 끝내고 다시 길을 떠났다. 얼마 동안 말없이 가던 수행승이 무겁게 입을 열었다.

"스승님, 아까 그 젊은 녀석이 덤벼들 때 왜 말 한마디를 하지 않으셨는지요?"

"내가 먼저 물어볼 것이 있다. 우리가 걷다가 길에서 금덩어리를 발견했다고 하자. 그 금덩어리는 누구 것이 되겠느냐?"

"예, 물론 그 금덩어리를 먼저 발견해 주운 사람의 몫이 되겠지요!"

"네 말이 맞는구나. 그 금덩어리는 발견해서 주운 사람 몫이 되겠지."

"네, 맞습니다."

"만일 내가 그 젊은이에게 말대꾸를 했다면, 그 욕설은 내 것이 된다. 그러나 대꾸하지 않고 가만히 있으면 그 욕설은 다시 그 젊은이에게 돌아간다."

"예, 스승님 잘 알겠습니다."

여기서 스님이 이야기하는 금덩어리는 꼭 금이 아니라 나에게 해를 주는 언어, 행동 등에 지나치게 몰입해서 상처를 받는 일을 말한다. 새로운 과학의 발달로 인해 생긴 문명의 이기 물에는 장·단점이 있지만, 상대방에 커다란 심적 부담이나 고통을 주는 부정적인 댓글이나 악플을 SNS 올리지 말아야 함은 당연한 일이다. 얼마 전 서울 모 방송국에서 이러한 부정적인 댓글 또는 자극적인 내용을 인터넷에 올려 돈을 버는 사람들의 행위를 방영하는 것을 보았다.

쉽지는 않겠지만, 좋지 않은 댓글들을 차라리 보지 않는 것이 가장 좋은 방법이다. 나쁜 댓글이 지닌 부정적인 에너지는 그 글을 올린 사람에게 고스란히 되돌아가면 좋겠다.

좋은 대화

어느 한국 신문에서 정치인, 기업인들, 또한 아파트 주민과 경비원 간의 갑질 대화, 험한 욕설 등에 대한 기사를 읽으면서 '대화의 방식'에 대해 생각했다. 자라면서, 학교에서 시험을 본 다음이거나, 학기 말에 성적표를 집에 가져왔을 때 부모로부터 야단을 맞았다. 야단을 맞았다는 말은 부정적인 언어를 들었다는 것이다.

시험에서 80점을 맞았다고 하자. 부모는 "너 또 80점이냐? 부지런히 공부했으면 90점은 받을 텐데, 이제 좀 더 공부해라!" 또는, "너 그렇게 공부하다가는 좋은 대학에는 가지도 못한다." 혹은 이웃 학생과 비교하며 "김갑돌은 90점 받았는데 너는 왜 못 받았냐?" 등의 부정적인 말을 했다.

미국 사람들은 우리보다는 긍정적인 대화를 많이 한다. 같은 상황에서 미국 학부모는 "네가 80점 받느라 수고 많이 했다. 조금만 더 노력하면 90점을 받을 수 있을 것 같다. 그러면 네가 제일 좋고 그다음 나도 좋다." 얼마나, 학생을 북돋는 대화인가? 한국 부모나 미국

부모나 원하는 것은 자기 자식이 90점을 받아 달라는 것이다. 분명, 긍정적인 대화 방식이 더 좋은 결과를 얻을 것이다.

우리들의 대화에 귀를 기울여보면, 부정적인 형용사나, 부사가 상당 부분을 차지한다. 사회생활을 하면서 감정에 얽히거나, 타인과 싸울 때 강한 어조로 이야기를 나눈 기억이 있다. 형용사나 부사는 언어에 명사를 도와주는 역할을 한다. 긍정적인 언어에 형용사나, 부사를 첨가하면 보다 더 듣기 좋은 이야기가 되나, 부정적인 언어에 사용하면 아주 심한 언어폭력으로 변하게 된다. 다음과 같이,

예쁜 얼굴   － 예쁘고 고운 얼굴

아름다운 꽃   － 아주 아름다운 꽃

게으른 놈   － 항상 게으른 놈

보기 싫은 놈 － 아주 보기 싫은 놈

이처럼 좋지 않은 이야기를 할 때는 형용사나 부사를 적게 사용할수록 좋다.

정치인 또는 회사의 높은 자리에 있는 사람들이 감정을 못 이겨 부정적인 언어를 거침없이 내뱉는다. 거칠고 부정적인 이야기를 해야, 자신의 위치가 높아지고, 원하는 것을 얻거나 이룰 수 있을까?

심리학자들은 "자기를 사랑하라."라고 한다. 나 자신을 사랑한다면 남에게 좋지 않은 말이나 행동을 하지 않는다. 우리는 상대방에게 화를 내기 이전에 나 자신에게 화를 낸 다음에 그 화를 상대방에 낸다는 이야기다. 즉 이미 본인 스스로가 화 난 상태에서 타인에게 좋지 않은 말을 내뱉는 것이지, 기분 좋은 상태에서 거친 대화를 할

수 없다는 뜻이다.

다른 사례는 연설문에 불필요한 형용사나, 부사를 사용함으로써 좋지 않은 해석을 유발하지 않게 하기 위해서다.

오래 전 한 신문의 기사 중에 외국과 국제회의를 하는데 '우리는 이제 동등한 입장에서 회의를 한다.'라는 기사 제목을 읽었다. 한국도 커다란 경제성장과 발전을 거듭하여 이제는 선진국반열에 놓여있다고 생각된다. 기사 내용 중에 '이제 동등한 입장'이라는 단어를 왜 사용했는지 모르겠다.

동등한 입장이라는 단어를 사용해서 우리가 얻는 것은 무엇인가? 이 내용을 다른 각도에서 살펴본다면 '우리는 전에 너희들과 회의를 할 때 너희 아래에 있었다.'라고 묵시적으로 표현하는 것 이외에 무엇이 다른가?

더욱이 일본과 정치적 그리고 무역 마찰이 있는 지금, 현 정부에서 일본에 대한 연설문 중에 '우리는 더 이상 지지 않는다.' 또는 '우리는 더 이상 흔들리지 않는다.'라는 이야기를 해서 우리가 정치적으로 그리고 실질적으로 얻는 것이 무엇인가? 역설적으로 해석한다면 '우리는 너희에게 항시 지고 있었고, 너희들에게 흔들리고 있었다.'라는 사실을 자인한 것밖에. 불필요한 표현이 아닌가 생각된다.

긍정적인 생활 자세가 필요한 지금 우리도, 부모 그리고 국가나 사회의 지도자들이 보다 긍정적인 대화를 한다면 그 영향은 클 것이고 사회는 더욱 밝아질 것이다.

즐겨 부르는 노래

첼로 연주 공연에 왔다. 2020년 11월 17일 LA 한인타운에서 북쪽으로 40여 분 떨어져 있는 Encino에 있는 아담한 교회에서 열린 연주회다. 요즈음 음악회에 자주 가지 못하지만, 첼로독주공연회 참석은 처음이었다. 관객 대부분은 한인 교민이었다.

연주회는 소나타를 중심으로 샤를 카밀레리의 '첼로와 피아노를 위한 소나타' op. 32, 리하르트 슈트라우스의 '소나타' op. 6, 슈만의 '민요풍의 다섯 작품' op. 102 등 다섯 작품의 명곡들이 한 시간 넘게 연주되었다. 묵직이 흘러나오는 음률이 가슴 깊이 와 닿았다. 깊어가는 가을 저녁, 중저음의 첼로 소리에 마음이 차분해졌다.

연주가 끝나고 앙코르가 있었다. 낮은음으로 들려오는 '가고파*'를 들으면서 옛 생각에 젖어 눈에 눈물이 고이기 시작했다. 음악회를 끝나고 집에 돌아오면서 지난 여러 생각이 떠올랐다.

한국을 떠난 지 30여 년이 지났다. 직장에서 20여 년을 보내면서 생활의 터전을 마련했고, 안정된 생활 속에서 편안한 삶을 살고 있었다. 주중에는 직장생활, 주말에는 바닷가에 나가 뛰면서, 별다른 생각 없이 하루하루를 평온하게 지내고 있었다. 이곳 생활에 익숙해지고 주위 친우들과 어울리면서 한국을 별로 생각하지 않고 잊고 살았다.

그러던 어느 날 퇴근길 Free way에서 갑자기 나도 모르게 '가고파'를 부르며 울고 있었다. 오늘만 바라보고 사는 바쁜 생활 속에서 불현듯 잊고 있었던 옛 생각에 잡혀, 오랫동안 잃어버린 고향, 친구들, 보고 싶은 사람들 그리고 잊어버린 시간 등을 생각하면서 노래 부르며 한참 울었다. 더욱이 옛날에 살던 바닷가 인천에 이제는 돌아갈 수 없는 고향이기에 더욱 애처로웠다.

"지금도 그 물새들 날으리 가고파라 가고파 어릴 제 같이 놀던 그 동무들 그리워라 어디 간들 잊으리요 그 뛰놀던 고향 동무 오늘은 다 무얼 하는고 가고파라 가고파."

고등학교 때부터 지금도 즐겨 부르는 노래가 있다. Irish 민요라고 불리는 Ballad의 'O Danny boy'다.

이 노래는 1910년에 Frederic Weatherly 가 작사했으며 1915에 북아일랜드의 County Londonderry에 살고 있던 Jane Ross에 의해 첫 음반이 만들어졌다고 한다. 잘 알려진 유명한 가수들, Mario Lanza, Bing Crosby, Andy Williams, Elvis Presley, Jackie Evancho, Andrea Bocelli 등 이 노래를 불렀으며 장례식 노래로도 많이 알려져 있다.

이 노래는 고등학교에 다닐 때 유행했다. 노래 가사, 멜로디도 좋아 집에 있던 전축에 판을 끼고 열심히 노래를 따라 부르며 배웠다. 감수성이 강하던 사춘기에 즐겨 부르던 노래, 외로울 때 혼자서 많이 불렀다. 즐겨 부르는 18번의 노래다.

내 장례미사에 내 영상을 남기고 싶어 지난 추억을 담긴 사진들로 만든 Power Point를 준비했다. 지금도 혼자서 자주 부르며 좋아하고 있는 노래이기에 배경 음악으로 이 노래를 넣었다. 마지막으로 이 노래를 들으며 다른 세계로 가고 싶다.

* '가고파'는 한국의 대표적인 가곡으로 1932년에 시인이자 교육자인 이은상이 발표한 시에 한국의 작곡가인 김동진이 평양의 숭실전문학교 학생 시절에 곡을 붙여 1933년에 완성하였다. 마산에 1970년에 세운 노래비가 있다.

6부

[시]

또 올게요

이제는 침대에 누워

자식들만 알아보며 말없이 웃는 어머니

오늘도

엄마 두 손 꼬옥 잡으며

손가락 만지고, 손바닥 쓰다듬고, 손등 두드리며

어머니 따뜻한 체온 가슴 깊이 간직합니다.

"엄마 아주 고마웠어요… 사랑해요.

… 엄마 또 올게."

100년의 긴 여정 속에서

김희일, 1916년 예쁜 외동딸로 태어나
1995년에 작고한 이병원과 만나
5남매의 다복한 가정을 꾸렸습니다.

역사적인 흐름에 탑승하여
일제 침략, 3·1독립만세 운동
그리고 8·15광복의 기쁨도 잠시
6·25 민족의 비극, 1·4후퇴의 쓰라린 피난 생활
참혹하고 힘들었던 역들을 지나왔습니다.

사회 혼란의
3·15부정선거, 4·19데모, 5·16쿠데타
그 역들도 애처롭게 지났습니다.
서울 시청 앞 광장에서 벌어진 광우병 시위,
세월호 사건의 애처로운 역들도 보셨습니다.

사회 역군의 여정 속에서
보릿고개 없애기 위한 새마을 운동도
남미 이민, 서독 광부와 간호사
그리고 한강의 기저도
우리와 자식들이 이룩한 커다란 여정 표입니다.

참혹하고 힘들었던 생활 때문에
자식들과 여행 한 번 갈 수 없었고,
더욱 따듯한 사랑을 주지 못한 아쉬움이
지금도 가슴속 깊이 남아있습니다.

1970년 아들 하나는 유학생으로
그 후 4남매는 태평양을 건너
이곳 미국의 힘든 이민 여정 속에서
새로운 생활 터전과 이민 사회를 만들었고
한 명의 경영학 박사, 두 명의 의학박사가 나왔습니다.

1992년 4 · 29 Los Angeles 폭동도
2001년 9 · 11 New York의 참담했던 역도 보았습니다.

이처럼 긴 백 년의 인생 여정 속에서
사랑, 헤어짐, 행복, 온유도
슬픔, 즐거움, 열정도 많이 느꼈습니다.

그 어느 날
긴 여정이 끝날 때 당신은 조용히 잠들고
가족들은 울고 있겠지요.

어머니는 이처럼
인생에 짙은 향기를 남기고
주님의 곁으로 여정을 옮겨갈 뿐입니다.

　　　　* 병상에 누워 계신 101세 어머니의 일생을 생각해 보면서

따뜻한 손등

아들손잡고어머니는
많은추억새겨주었다

엄마손잡고아장아장
꼬박손에사랑잡어주던
대학입학소식에웃으며
두손두들겨주던
4.19끝나고군에가는날
힘없이두손잡고말없던
은행첫출근아침에
넥타이만지며웃음짓던
김포공항떠나유학가는
아들손잡고눈물흘리던
이혼아픔에힘든녀석
말없이두손꺼음겨쥐던
재혼하는날미소지으며
두손따뜻이쓰다듬던
늦게박사학위받던날
포근이안아주던어머니

이제는침대에누워
자식들만알아보며
말없이웃는어머니
오늘도
엄마두손잡으며
손가락만지고
손바닥쓰다듬고
손등두드리며
어머니따뜻한체온
가슴깊이간직합니다

"엄마많이고마웠어요
사랑해요
··· 엄마또올게"

아들은이렇게엄마곁을
잠시비웁니다

이천십일년여름
백한살 어머니옆에서

라파엘 이경렬

따듯한 손등

어머니는 아들 손잡고
많은 추억 새겨 주었다.

엄마 손 잡고 아장아장 꼬막 손에 사탕 집어주던
대학입학 소식에 웃으며 두 손 두들겨 주던
4.19 끝나고 군에 가는 날 힘없이 두 손 잡고 말 없던
은행 첫 출근 날 아침에 넥타이 만지며 웃음 짓던
김포공항 떠나 유학 가는 아들 손 잡고 눈물 흘리던
이혼 아픔에 힘든 녀석에 말없이 두 손 꼬옥 움켜쥐던
재혼하던 날 미소 지으며 두 손 따듯이 쓰다듬던
늦게 박사학위 받던 날 포근히 안아주던
어머니

이제는 침대에 누워
자식들만 알아보며 말없이 웃는 어머니
오늘도

엄마 두 손 꼬옥 잡으며

손가락 만지고, 손바닥 쓰다듬고, 손등 두드리며

어머니 따뜻한 체온 가슴 깊이 간직합니다.

"엄마 아주 고마웠어요…

사랑해요.

… 엄마 또 올게."

아들은 이렇게 엄마 곁을 잠시 비웁니다.

이천십칠 년 여름 백한 살 어머니 옆에서

어머니를 보내드리면서

어머님 사랑해요. 그리고 감사해요.

1916년 충청도 시골에서 무남독녀, 외동딸로 태어나
이병원과 결혼하여 5남매를 키웠습니다.
자식 5남매에서 14명의 손자를
그리고
17명의 증손자를 포함하여
모두 36명의 자식을 두셨습니다.

시골에서 힘들게 사시던 아버님은
부모의 반대로 중학교에 가지 못했고
어머님 역시 부모의 반대로
초등학교도 제대로 가지 못했지만,
경제적으로 힘들었던 생활 속에서
5남매를 모두 대학교에 보냈습니다.
어머님 자식 중에 박사가

그리고 손자 중에는 2명의 의학박사가 있습니다.

제가 한국을 떠나기 전에
어머님은 아픈 데가 많아
머리에 흰 띠를 매고
자주 누워 계셨던 기억이 떠오릅니다.
자식들은 혹시라도 어머님이 아버지보다
먼저 돌아가시지 않나 걱정을 많이 했습니다.

어머님은 35년 전
67세의 나이에 미국에 오셨습니다.
이후, 본인이 부엌살림
그리고 바쁜 신앙생활도 열심히 하셨고,
저의 집에 오시면
항시 뒷마당에서 잡풀을 뽑고, 꽃을 가꾸던 어머님.

몸소 여러 활동하시면서 건강을 찾았기에

이처럼 어머님은 102세 그리고 3개월을 사셨나 봅니다.

화초를 사랑하셨던 어머님은 우리에게

착하게 사는,

아끼는 생활, 다정한 생활,

준비하는 생활

그리고 마음 편히 살라는 말씀을 자주 하셨습니다.

당신 스스로 수의를 장만할 만큼

깔끔한 성격을 지닌 어머님

당신의 마지막 자리인 이곳에 놓여있는

촛대의 꽃받침도 스스로 준비하시었습니다.

어머니

이제 어머님과 작별할 시간이네요.

오래 장수하셔서

가족과 함께 해주셔서 고맙습니다.

그런데도 지금, 이 순간 어머님을 보내는 마음
글로 다 표현을 할 수 없습니다.
어머니라고 어머니 앞에서 부르는 것도
지금이 마지막이네요.
여기 계신 모든 분께서 어머님을 생각하고 계십니다.

편안히 영생의 세계를 누리세요.
어머니 사랑해요. 그리고 감사해요.

2018. 6. 7 둘째 아들 드림

또 올게요

님들이 잠들어 계신
산등성이에
석양빛 곱게 내려앉았습니다

오랜만에 찾아온 자식은
풀 다듬고 쓸고 닦으며
부모님 뵈옵니다.

어머님 앞에
아버님 앞에
그리움의 꽃다발 놓아 드리고
돌아서는 아들 가슴에
저녁노을 빨갛게 물들어 옵니다.

또 올게요.
부모님 앞에 서 있는

오늘은 돌아가신 님들을 생각하는
11월 11일 성령의 달입니다.

갯벌 짠 냄새

작약화 활짝 피던 봄날
통통배 바닷길 가로질러
작약 꽃으로 물든 작약도에서 바다 즐기고

따가운 여름 햇살
낙섬 길옆에 널려 있는 소금밭
옷깃에 스며드는
품어오는 갯벌 냄새

바닷바람에 무더위 식히고
벌거벗고 갯벌로 목욕하며
갯 망둥이 쫓아다니던
어린 시절

펼쳐진 모래사장에
피어오른 해당화

그 꽃잎 속에 담아 보던 님의 얼굴
하늘 짙푸르던 가을날
자유공원 맥아더 동상 옆에서
푸른 바다 공기 깊이 마시고

추운 겨울날
답동 성당 모퉁이 담길 돌며
간밤에 내린 눈에 남긴 발자국
오늘도 Redondo Beach 바닷가에서
인천 바다의 짠 냄새를 맡으며
구름 따라 흘러간 고향의 그림 그려본다

투정하고 싶기에

오늘은 왠지 주님에 투정해야겠습니다.
이 투정은 항시 제 마음속 깊이 갖고 있었을지도 모르겠습니다.
때로는 이렇게 투정해야 제 마음이 편할 것 같기에 입니다.

경건한 미사 시간에 주님에게 가까이 다가가야 하는데
도리어 여러 가지 잡스러운 생각에 마음이 흐트러지고는 합니다.
더욱이
"저희에게 잘못한 이를 저희가 용서하오니 저희 죄를 용서하시고"
라는 주님의 기도를 하면서도,
용서하는 마음속에는 아직도 잔주름이 남아있습니다.

함께 살다가 한국에서 돌아가신 할아버지, 할머니
그리고 이곳에서 돌아가신 부모님이 하늘에 계심을 믿고
가끔 그분들의 안부를 묻고는 하는 녀석이
때로는
하느님이 계심을 확실히 믿지 못하는 어리석음이 있습니다.

그렇기에 아래 구절이 있나요?

"Do you have eyes and not see, ears and not hear?"

(Mark 8:18)

너희는 눈이 있어도 보지 못하고, 귀가 있어도 듣지 못하냐?

첫발 디디는 날에

이역만리, Cable-Car Hotel,
그 누구를 찾거나 연락도 할 수 없는
외진 곳의 첫날밤은 너무나 외로웠고
알 수 없는 내일이 무척이나 불안했다.

언덕길에서 언덕길로 이어지는 San Francisco
밤늦게 들려오는 전차 소리
밀려오는 밤안개에 외로움도 가득 밀려오고
안개 낀 가로등 불에 님의 얼굴 그린다.

알 수 없는 내일이 있기에
외로움과 적막 속에서 주님에 기도합니다.
"주님, 저에게 용기, 지혜, 그리고 사랑을 주십시오."

* Cable-Car Hotel, 1388 California Street, San Francisco, CA 94109

행복으로 가는 길

감사하는 마음은 나에게 평온을
배려하는 마음은 이웃에 기쁨을
이는 우리 삶을 풍요롭게 만듭니다.

가슴속 사랑으로
너, 나 그리고 이웃을 사랑하면
우리 삶은 더욱 따듯해집니다.

살아가면서 불평을 해도
현실은 변하지 않습니다.
정녕
감사, 배려, 사랑하는 마음은
행복으로 가는 길이겠지요.

아침이슬에 마음 적시며
조용히 생각해 봅니다.

이렇게 주님을 찾습니다

대중 속에서 외로움을 느낄 때
높은 빌딩 숲속에서 짓눌림을 당할 때
Freeway에 밀려다니는 차 속에서 나 자신을 잃어버릴 때
주님을 찾습니다.

깊은 산속 나무에 감싸인 산길을 걸을 때
흐르는 냇가에 비추어진 내 얼굴 모습을 보았을 때
산과 산으로 연결된 자연과
산허리에 피어난 이름 모를 나무들을 대할 때
주님을 찾습니다.

붉은색, 오묘한 형상들로 가득 찬
Bryce Canyon과 Grand Canyon,
만년의 커다란 나무로 둘러싸인 Sequoya Park,
그리고
웅장한 모습 Yosemite Park에 감싸일 때

주님을 찾습니다.

이 글을 쓰며 감사드리고
또다시
저는 이렇게 주님을 찾습니다.

모래 위에 발자국

파도가 넘쳐오면 모래 위 발자국은 지워지나
그 발자국을 만든 감성은 가슴속 깊이 남아 있습니다.
1970년 유학생으로 이국땅에 와서 남긴 발자국들

San Francisco, California

Los Angeles, California

Boulder, Colorado

Provo, Utah

Chicago, Illinois

Bloomington-Normal, Illinois

San Francisco, California

Los Angeles, California

Redondo Beach, California

날아간 화살이 돌아오지 못하듯
지나간 시간도 다시 못 돌아오고

이제

만들어 놓았던 발자국 체취를 회상하기 위해

난 지금도 모래사장에서 걷고 있습니다.

2월 꽃 마음

곱게 피어오른 목련꽃
꽃봉오리마다 서려 있는 아련한 그리움

탐스럽게 솟아오른 서양란
꽃송이 주렁주렁 꽃대에 매달려 피어오르고
꽃송이 송이마다 잊히는
다정한 사람들의 모습

간밤에 내려앉은 맑은 이슬에
적셔있는 꽃송이
연붉은 웃음 담뿍 머금고
봄 노래 부르는 작약꽃

멀거니 한동안 옷 벗고
봄을 기다리던 개나리꽃
꽃잎마다 배어있는 지난날 긴 이야기들

뒷마당에 피어 있는 꽃송이에 조그만 소망 빌어 넣고
흐르는 계절 따라 자라나는 꽃나무 가지에
새로운 희망 새겨 넣습니다.

Redondo Beach 바닷가에서

파아란 하늘 아래

길게 길게 감싸 포개지며

드넓은 모래사장 따라 포효하는 파도

젖은 모래 위에 지난 발자취들

소라껍데기 없어 임 소식 아련하고

파도 따라 흘러가는

지난날의 추억들이 아쉬워

먼 하늘 바라보며

오늘도

넘쳐오는 파도 물결에

새로운 추억 만들며 걸어갑니다.

모래사장에.

내 마음 이처럼 젖어있기에

다시 발자국 만들며

녀석은

바다를 떠나지 못하나 봅니다.

가을 이야기

청명한 가을 하늘에
마음을 불태우는 단풍을 보면
정녕
가을은 아름답습니다.

가을이 아름다운 것은
단풍이
우리에게 여러 이야기를 하고.
다른 계절보다
더 많은 생각이 떠오르기 때문입니다.

떨어지는
나뭇잎 한 잎 한 잎을 보면서
겸손한 자세로
삶의 소박한 진리를 생각해 봅니다.

멀리 있는 미래도
오늘의 내 모습도 세심히 살펴보고
주위의 삶에 대한 관심도 갖게 됩니다.

단풍은
우리에게 많은 이야기를 합니다.

투명해지는 계절

Del Amo 길가에 펼쳐져 있는 Sugar Maple 나무
서서히 붉게 물들어가고,
하나, 둘, 떨어지는 낙엽들 바라보며
도시한 복판에서 가을을 느끼고, 자연을 생각합니다.

앞마당에 핀 해맑은 코스모스 속에서
정녕 가을은 아름답다고 느낍니다.

저 멀리
드높고 맑은 하늘을 보며
나 자신이 보다 진실하고
더 투명해지고 싶어지는 때도 가을인가 봅니다.

가을이 이처럼 소중한 것은
다른 계절보다 더 많은 생각을
떠오르게 만들기 때문인가 봅니다.

무지개 그림

하얀 캔버스 앞에 앉아
색깔 칠해 봅니다.

보라색 연민도
남색 젊음도
파란색 소식도
초록색 풍요로움도
노란색 평온도
주황색 기쁨도
빨간색 정열도

무지개 그림 속에서
기쁨도, 환희도, 즐거움도, 행복도 찾아
마음속에 새겨둡니다.

바다 안개에 젖어

모처럼 도시 그늘 벗어나
높은 하늘, 멀리 있는 산과 들 바라보며
Redwood 숲 찾아 북가주 Crescent City로 달린다.

노란 이불 펼쳐 덮은 듯
포근히 보이는 산등성이
길게 뻗어 있는 벌판들
여기저기 모여 있는 소와 말들 한가로워 보인다.

휴게소에 잠시 멈춰
달려온 길과 갈 곳을 벽 지도에서 찾아보고
여인들이 끓여 놓은 라면 냄새에 피곤함 달래본다.

가까이 다가오는 Oregon 주
멀리 보이는 산정에 쌓인 하얀 눈
울창한 나무숲 점점 밀려오고

길 따라 감돌아 흐르는 냇물 쳐다보며
산길 감아 올라간다.

신림 속 태고의 이야기
오래된 아주 오래된 이야기가 들려오는 듯한 Redwood 숲들
인간의 손길이 닿은 흔적이 없는
빽빽이 둘러싸여 하늘을 가리고 있는 나무들
거짓이 없어 보이는 나무숲 속이기에
옷 입고 서 있는 내가 부끄럽기도
길 따라 펼쳐 보이는 California 해변들
백사장에 밀려온 오래된 나무토막과
바다에서 품어 오르는 해무(海霧) 속에서
지나간 일들 바다 안개에 젖어 머리에 스친다.

노란 은행잎

책갈피 속에
곱게 넣어 있는 예쁜 단풍잎

따스한 햇볕에 새싹 살며시 내밀고
비바람, 따가운 햇볕에 파란 잎 만들고
맑은 공기와 따스한 햇볕에
몸, 불 불태웠나 보다

오늘도
모래밭 걸으며 옛 생각에 젖어
덕수궁 돌담 밑에서 주웠던
노란 은행잎 생각해 본다.

떨어지는 낙엽에
님에 사랑 전하던
지나간 추억 생각해 봅니다.

소박한 진리

꽃나무가 뿌리를 내려
아름다운 꽃을 피우는 것이 할 일이라면
우리가 할 일은
발이 닿는 곳에서 열심히 일하며
삶의 좋은 열매를 맺는 것이라고 생각합니다.

이름 모를 풀꽃도
우리를 일깨우는 것을 보면,
세상에서 귀한 우리는
더 많은 일을 할 수 있을 것입니다.

자연은 진실하고, 인내하고,
엄하다고 생각됩니다.
단풍잎을 한 잎, 한 잎을 보며
우리 삶의 소박한 진리를 알아내고 싶습니다.

곱게 나이 들고 싶다

자목련 꽃망울 탐스럽게 피어오르고
뒷마당 철쭉 가지마다 꽃봉오리 밀어내면
내 마음 새싹처럼 움터 자란다

따가운 햇볕에 칸나꽃 붉게 모습 드러내고
안개 밀려오는 새벽
모래사장에 Sandpiper 짝지어 몰려다니고
세차게 밀려오는 긴 파도 따라 뛰던 녀석
모래 휘감아 밀려오는 파도에 땀방울 식힌다.

여기저기 퍼져있는 수국
탐스러운 꽃 마음껏 자랑하고
붉고 둥글게 살 오른 대추 탐스럽게 커 오르면
낙엽이 한 잎 두 잎 쌓일 때, 책장 하나, 둘 넘기고
모처럼 야외 나가 그림에 열정과 혼 넣어 본다.
멀리 북쪽 하얀 산등오리

소복이 쌓인 눈에 추억 되새기고
서재에서 흘러나오는 고운 멜로디에
내 마음에 영혼 넣어
붓 잡아 학선지에 먹물 담아본다.

주어진 생활에 고마움 안으며
아름다운 사계절처럼
세월아, 이렇게 곱게 나이 들고 싶다.

그리움

저녁노을에 젖어
곱고, 길게 펼쳐지는 황금빛 모래사장
밀쳐오는 파도에 외로움 젖어 든다

어린이처럼 파도길 따라 걷던 녀석
생명의 유한(有限)함에 왠지 쓸쓸해지고,
그리움이 커다랗게 다가오기에
나 자신이 작아지는 계절이기도

애잔히 들려오는 풀 벌레 우는 소리
흰 종이에 내 마음 담아 넣고
밤하늘 총총한 별들과 달님 쳐다보며
허전함 속에서
지나간 사랑 그리워하는 순간이기도

마음속 이야기들

추억은 지난날의 이야기
어제보다는 오늘이 있다는 고마움
꿈이 있다는 내일은 나에게 더 소중합니다

흐르는 물속에서 함께 흐르지 못하고
혼자서 머물러 있다면
속절없이 그냥 하루하루를 보내는
만성적인 생활은 아닌지?

높은 빌딩 사이로 보이는 파란 하늘
그 속에 써 본다 여러 번 써 봅니다.
마음속에 이야기들을.

정녕
가을은 우리에게 많은 것을 생각하게 합니다.

동행

봄날
님과 손잡고 나머지 생을 걷는
동행은 아름다운 언어입니다.

산길을 걸으며 다정한 이야기를
오솔길 내려오며 지나간 이야기를
이처럼 대화를 나누는 것은
마음의 따듯함 그리고 아름다운 일입니다.

앞에 펼쳐진 자연을 보는 마음도
연이은 세파 속에서 님과 동행하는 믿음도
안 자서 님을 쳐다보는 마음도
동행은 마음 편한 발걸음입니다.

승화된 마음속에서 미소를 지우는 것도
힘든 여정의 고개를 넘어 내려오는 것도

인생의 여정을 밟으며 내일을 생각하는 것도
모두 동행하는 인생의 여정입니다.

꿈을 꾸며 살고 싶습니다

새벽이슬에 젖은
뒷마당 화초들과 이야기하며
꽃 한 송이 한 송이 매만지고
꽃밭에 뒤섞여 있는 잡풀 뽑고
흘리는 땀방울에 내 마음 적시며
자연에 감사함을 느낍니다.

책꽂이에 놓여있는 책 먼지 털며
한 장 한 장 읽는 마음도
한지에 진한 먹물 남기는 일과도
캔버스에 마음의 색깔들을 칠하며
느끼는 즐거움도 갖고 싶습니다.

백사장 따라 넘실대는 바다 물결 바라보며
뛰는 즐거움도
붉게 물든 저녁노을에

내일의 열정을 태우고 싶은 마음도
이러한 생각도, 마음도, 즐거움, 또한 고마움도
모두 합하여
내일에 이어지는 꿈을 꾸면서 살고 싶습니다.

상념

또 멀리 가버린 봄, 여름
이제 가을 찾아왔고, 겨울이 문턱에 다다르고
이처럼 계절 바뀜은 자연의 순리이건만
매년 느낌이 달라지는 것은

도로변 가로수 붉게 물든 단풍
불타는 단풍 색깔에
정열을 태우고 싶기보다는
차라리 명상을 찾는 것은

바쁨 속에 외로움 있기에,
먼 동산과 흐르는 냇물이 있는
풍경화 그리고 싶은 마음은

벼루에 먹물을 갈고 흰 종이에 몇 자를 쓰면서
결국 문장을 끝내지 못한 것은

불현듯 한국이 그립다가도
이제는
머나먼 이국으로 느끼는 것은

정녕 이제는 나이를 인식해서일까?
아니면
외로움 속에서 나를 찾기 힘들어서일까?

이방인

60년대 인천과 서울에서 살았던
그 기억의 울타리 속에서 벗어나지 못하고
말과 글은 통해도 "지형적인 고아"를 느끼는 마음
강남 길모퉁이 커피숍에서 친구 기다리며
문득 이방인이라는 생각에 젖어 든다.

변화된 현실을 있는 그대로 보고, 이해하고, 받아들이지 못하고
옛 생각과 기억에 집착해 주어진 현실을 과거와 비교하고,
잃어버린 시간 찾으려는 마음 강하기에
녀석은 "10년이면 강산도 변한다"라는 말을 중얼거리며
'타향'이라고 부르나 보다.

드높이 솟아 있는 차가운 시멘트 덩어리들,
규칙 속에서 불규칙으로 달리는 차들,
즐비하게 자리 잡고 있는 빵집과 커피숍들
알 수 없는 외국어로 치장된 간판들

지명과 거리 이름을 되새겨 보아도 알 수 없는 이곳

그래서 세워보는

이방인이라는 나의 좌표.

사랑하는 마음

살아가면서
사랑할 대상이 있다는 것은
더없이 행복한 일이며
삶에 따듯함을 안겨줍니다.

사랑하는 따듯한 감성은
마음에 기쁨을 안겨주며
누군가를 사랑할 때 세상은 아름다워집니다.

그리웠던
보고 싶었던 님을 마주 보면
마음이 마냥 포근해집니다.

사랑하는 님이
주님이라도 좋습니다.

아련한 아픔

시간 흐름 속에
아직도
가슴 깊이 남아 있는 아련함

불현듯
파도 되어 밀려올 때는

멀리
파아란 하늘에
님 얼굴 동그랗게 그려본다.

아침 이슬에 내 마음 적시며

감사하는 마음은
나에게 평온을
배려함은
이웃에게 기쁨을 주고
이러한 마음의 꽃송이는
우리 삶을 풍요롭게 만들겠지요

가슴 가득한 사랑으로
너와 나, 이웃을 돌보면
우리 삶이 따뜻해지고,
감사하고, 배려와 사랑하는 마음은
행복으로 가는 길이겠지요.

뒷마당에 나가
아침 이슬에 마음 적시며
조용히 생각해 봅니다.

사랑하는임에

구월은
많은과일과곡식이
익어가는계절이듯이
육십세는
인생의마지막장을
준비하는나이입니다

이제는
우리가걸어온
발자취속에남아있는
다툼미움아픔
그리고
기쁨즐거움따뜻함
이러한여러색채와
더불어웃음사랑행복
건강의색갈을잘배합
하여너와나의곱고
아름다운회폭을만들
기위한시작입니다

또한
우리여정에함께걷고
계신주님에우리의끝
맺는작품을위해은유
와마음의평화를기원
합니다

이천십사년 구월 이십일

이명렬 라파엘

인생 여정의 채색

곡식들이 익어가는 가을입니다.
9월이
일 년 중 마지막 계절의 시작이듯이
60세는
일생의 마지막 장의 시작이기도 합니다.

지난 긴 여정의 발자취를 돌아보고
오늘 그리고 다가올 내일을 위해
지금까지 그려온 그림의 채색들에
마지막 손질을 하는 시작이기도 합니다.

60년의 여정 속에서 10여 년을 함께 걸어왔습니다.
그 여정 속에
다툼도, 아픔도, 기쁨도, 즐거움도, 행복도 그려있습니다

이제 함께 그려왔던 화폭에 채색되어 있는

여러 가지 색깔들

즐거움, 기쁨, 배려, 웃음, 인내, 끈기,

그리고 주님에 기도들 잘 배합하여

마지막 우리 둘의 작품을 다듬기 위한 시작이기도 합니다.

　　　　　　　　　　　　　　　－ 60세를 맞는 아내에게 드리는 글

뒷마당 그림

겨우내 숨어 있던 도라지
부드러운 흙 속에서 새싹을 보여주더니
4월 따스한 햇볕에 제법 많이 자라.
미풍에 파란 꽃, 흰 꽃 가냘프게 나부낀다.

2년 된 뽕나무는
새싹과 더불어 오디를 머금고 씩씩하게 커가고
25년 넘는 복숭아나무 가지엔
탐스러웠던 꽃 벌써 지고
조그만 열매들, 가지마다 올망졸망 매달려 있다.

맞은편 대추나무
열매를 맺기 위해 마지막 꽃들 흩어지고
새 잎새들 돋아나 빵긋한다.

건너편 탐스럽게 웃음 짓고 있는 수국

주홍, 붉은, 푸른 색깔 머금고 피어 있는 꽃들
철쭉꽃 요염한 색깔 내뿜고
꽃 없는 무화과나무에도
열매가 가지에 얹혀있다.

뒤편에 검은 대나무, 오죽(烏竹)
한 폭의 병풍처럼 뻗어 고귀한 품위 뽐내며
하늘로 높이 자라고 있다.
올해도 4월은 자연의 힘을 느끼게 한다.

날이밝아옵니다
오늘을맞이하는
감사함을주님에드리고
하루는글쓰고
E·mail 하고노래들으며
오늘을즐기고
하루는힘차게
밀려오는파도따라
내일을이야기하고
하루는포근한산에안겨
아름다운그림그리며
옛이야기하고
하루는뒷마당에서
풀뽑고책읽으며
게으름떨고
하루는님의따스한
손을잡고우리만의
이야기를나누며
모래사장을거닐고
이렇게그리고이렇게
소중한오늘을
보내고싶습니다

이천십일년 여름에
인산 이명렬 짓고쓰다

하루를 보내는 마음

날이 밝아 옵니다
오늘을 맞이하는 감사함을
주님에 드리며

하루는
글 쓰고, E-mail하고,
노래 들으며 오늘을 즐기고

하루는
힘차게 밀려오는 파도 따라
내일을 이야기하고

하루는
포근한 산에 안겨
아름다운 그림 그리며
옛이야기하고

하루는
뒷마당에서 풀 뽑고
책 읽으며 게으름 떨고

하루는
님의 따스한 손을 잡고
우리만의 이야기를 나누며
모래사장을 거닐고
이렇게 그리고 이렇게
소중한 오늘을 보내고 싶습니다.

梨花에月白ᄒᆞ고銀漢이三更인제
一枝春心을子規야아라마는多情
도病인냥ᄒᆞ여ᄌᆞᆷ못드러ᄒᆞ노라

대초볼불근골에밤은어이뜻드르며
벼뷘그르헤게는어이ᄂᆞ리ᄂᆞᆫ고술닉
자체장소도라가니아니먹고어이리

보리밥픗나물을알마초머근後에
바횟곳돌ᄀᆞ의슬ᄀᆞᆷ지노니노라그
나믄녀나믄일이야부롤줄이이시랴

冬至ㅅ돌기나긴밤을한허리를버혀내여
春風니불아래서리서리너헛다가어론
님오신날밤이여든구뷔구뷔펴리라

이천십칠년 봄 인산 이명렬

7부

English Esaay

It was 1970; I came to this country as a student.
Since then, I have made footprints in many places:
Inchon, Seoul, Korea

San Francisco, California
Los Angeles, California
Boulder, Colorado
Provo, Utah
Chicago, Illinois
Bloomington–Normal, Illinois
San Francisco, California
Los Angeles, California
Redondo Beach, California

On the hill across the Pacific

Redondo Beach is around 20 miles from downtown Los Angeles with a population of roughly 68,697. The West side of the city is fronted with the Pacific Ocean and beautiful sand along the ocean. This town has unusual hills near the beachside. I have lived on these hillsides since 1980.

Thinking of my childhood memory, playing with ocean mud and salty ocean water, I go to the beach running, walking on the sand after moving to this town. I used to enjoy drawing pictures, doodling in the blue sky, and watching the sea birds while running with sweat. While running on the sand along the Pacific seashore, I look back on my life's journey.

I came to study in the United States of America

on June 10, 1970. My study plan was, after I received my Ph.D., to either return to my workplace, go into banking, or go to a college to teach.

There was no direct flight from Kimpo airport to the U.S.A. I flew to Tokyo, Japan, and transferred to a Boeing 747 to fly to Los Angeles via Honolulu, Hawaii. The next day, I arrived in San Francisco with two suitcases where no person was waiting for me. It was my first step in the U.S.A.

One day I saw one of my high school friends advertise 'Gas Station' in L.A. in a Korean language newspaper. After talking with my friend, I came down to L.A. with a Social Security Card. I was learning what American living was like in L.A.

I never lived in an apartment in Korea. Living here, I knew what living in an apartment and having a roommate was like. Apartment rent was $80 per month, and gas was 25 cents. For the grocery market, we went to a Japanese store since there was no Korean market. To save money for school, I used to work as a janitor, commercial artist, and gas station attendant.

I went to Brigham Young University in Provo, Utah, for the fall semester. I found out that the students could not smoke or drink. That came to me as another burden on top of school life.

I had applied to Illinois State University in Bloomington-Normal, Illinois, and received a Tuition waiver scholarship. After the spring semester, I was on a Greyhound Bus to Chicago from Provo.

I was working at a steel factory in the suburb of Chicago to save money for schooling. For the fall semester, I had arrived at the ISU dormitory, and the next day went to class. English was hard for me, and I sometimes had to borrow a notebook from an American classmate.

One day I went to a class, but nobody was in the class except a student who came from Chile. The fact was that in last week's class, the professor mentioned during the lecture that there was no class on Yom Kippur, but the two international students could not understand what the teacher said.

After the first semester, I was called by the dean of the economic department. I got the Research Assistant

Scholarship out of the blue. Rather than teach in an undergraduate classroom, I assisted the professor with language matters.

Thanks to the scholarship, I bought a Volkswagen with the money I had saved while working over summer vacation. I had spent most of my time in the library, but sometimes I went to Bloomington Lake to paint and submitted one of my paintings to the Sunday Amateur Painting Club's exhibition in Seoul, Korea.

While being lonely and curious, I met a beautiful American student in the same dormitory. Changing my plan (which was to return to Korea after my study), I married at the Catholic church on campus. After staying one night at a hotel after the wedding, we went to class the next day, and our sweet married life as students began. For the job interview, we went to S.F. and came down to L.A.

Loving the ocean, we bought a house in Redondo Beach, and I am still living in the same city. But our marriage ended with a divorce after 23 years. Later, I remarried a Korean woman in Korea.

I worked for more than 37 years for the Boeing

(C-17 Program) company. While working at the Boeing company, I accomplished my dream, becoming a Doctor of Business Administration.

While time is still passing by, it has been four years since I retired. These are my big footsteps. Even today, drawing big and small circles in the blue sky, I am still walking by the oceanside. Sending my past stories to the waves and dreaming of new dreams on the upward tidal surge, I am sending my mind to the sound of the ocean waves.

FOOTPRINT ON THE SAND

Footprints on the sand disappear when the wave goes over it, but the feeling of making footprints remains in my heart and mind.

It was 1970; I came to this country as a student. Since then, I have made footprints in many places: Inchon, Seoul, Korea

San Francisco, California

Los Angeles, California

Boulder, Colorado

Provo, Utah

Chicago, Illinois

Bloomington-Normal, Illinois

San Francisco, California

Los Angeles, California

Redondo Beach, California

Time never comes back again as a thrown arrow.
The past emotions are fading away, but I feel some
memories and sentiments in my heart.

Now I am trying to go back to the sand to
reminisce the feeling of my footprints.

A Heart to the Lord

Over time,

While my body and mind are degrading,

the soul always makes my heart refresh.

Living and being grateful today,

but someday,

when transcending time and space,

I pray every day to the Lord,

For my last travel, fly farther high with my clean soul,

and joyfulness.

      Copying the Bible becomes my first effort in my daily life, even while traveling after my retirement. On the day of my early morning exercise, after exercising, and on other days, after getting up and refreshing my mind and body, I write the Bible in a notebook. I found a Parker fountain pen from the 1970s on my desk, and

I write the Bible with it.

After graduating from high school, Joe enlisted in the Air Force. Even though I recommended going to college to do ROTC, my opinion was not accepted. While we were processing our divorce, he was living with his mother. After two years in the Air Force, he graduated from Jr. college. Rather than transferring to the college as my recommendation, he left for Iraq as a member of the Army National Guard.

The only thing I could do for my son, who was far away on the battlefield, prayed for him and write the Bible. Writing the Bible soothes and calms my mind. In addition to Sunday Mass, I attended another Mass on Wednesday evening, and when I had little time at work, I used to write the Bible in English. After years my son returned safely.

One day I found myself not going to Mass on a Wednesday evening and not writing the Bible. I felt so selfish and mean. To avoid disappointment in myself, I began to attend Mass every Wednesday and write the

Bible again.

I want to be close to the Lord when I write the Bible,

I want to have the Lord in my heart.

"And give me peace of mind today."

"O Lord, remember how faithfully and wholeheartedly
I conduct myself in your presence, doing what was
pleasing to you!"

Isaiah 38:3

Late night in St. Louis

A crescent Moon

In the clouds over the buildings

It is concealing, and coming out, and wrapping out.

The St. Louis Arch Tower is over the Mississippi River.

It covers my view.

Illinois State could be reached in my sight.

Suddenly my mind clock moved back to the past

Student-life in Illinois State University.

Graduate schooling time, dormitory life, lecture class,

and library

And the beautiful lady whom I met the same dormitory

Solitude and lonesome that suddenly cover my mind

Mindlessly looking at the cell phone

Saying that the continuation of the past is today

Suddenly evoking up the longing, emptiness, and yearning

Late night in the St. Louis

Clouds moving fast.

I had a business trip for more than 20 days to Boeing Company in St. Louis for the F-15 program which was related Korean Air Force. During that time I had stayed at a hotel near the office. While staying at the hotel, one night I was watching a moon showing its face on and off through the clouds. Suddenly feeling lonely, the memory of the school life at Illinois State University in Normal-Bloomington, where it takes around 2 hours from my hotel, came to cover my mind.

In the same dormitory, I had met a beautiful white girl who was a sophomore at that time. I had a plan to go back to my country after complete the schooling, however, I have changed my mind to marry her with curiosity and due to her strong woo (court). After we met one year we married just before the fall semester starts.

Since we had both catholic family backgrounds.

With casual cloth for myself and a wedding dress which she made by herself, we had a wedding ceremony at the catholic church near the school exchanging a wedding ring. A simple student wedding, myself and her close relatives. I felt some sorry that I could have had a better wedding ceremony,

We settled down in Redondo Beach, CA after schooling. I had a job in the defense industry and she worked at a hospital as a medical technologist. While we are living together for 23 years, one day she asked for a divorce. We used to argue often due to my son's schooling. I had suddenly confused and shocked.

Thinking back at that time, it might be a lack of good conversation and a culture gap between Americans and Korean. I might be too stubborn and to keep a Korean attitude, man is first.

In California law, the divorce can be settled without mutual agreement. Accepting the divorce, I hoped that she would have a good marriage with the same language and culture. I know she had a hard time accepting Korean culture and my side families which immigrated from Korea.

The divorce made me another uncompleted plan which I had a 25th

beautiful wedding plan to cover (to make up) our student poor wedding. I thought that I would pay for her wedding dress when she marries later on.

One day when I found that she was still single while she was 60 years old, I sent some money to her through our son. I had a phone call from her saying that appreciating the money I sent to her. In some aspects, I sent some money for myself.

I had tried to change my mind, more consideration to another partner, better conversation, and more care for each other. If I had set my mind toward better marriage life, then there was no divorce. Since I failed my first marriage, if I hear that there is an unhappy couple, I recommend that they care for each other.

While we are aging, the boundary of a married couple is getting narrow and they stay together more than before. We need to change and work together to be a happy couple. I remember the good words from Pope Francisco. I read and read again.

O Christ, if there is something which I cannot change,

Then give me a peaceful mind to accept it.

If there is something I can change,

Then give me the courage to change it.

And Give us the wisdom to distinguish which one is.

It passed already been 20 years but still, my mind feels
hurt and pity. I heard that she is still working and
serving at the church. Praying for her to have good
things and peace in mind always, bye the past affairs.

Interstate Freeway 94

It takes around 2 and a half hours to drive from Minneapolis International Airport to my son Joe's house in Ladysmith, WI. Interstate Freeway 94 is one of the major freeways to get to his house.

While driving from the airport, we talked about our past matters; In some respects, I lost my son when he was sixteen. His mother filed for a divorce when he was sixteen years old, and I had to move out of our house. From that time, he stayed with her, and they ganged up together and acted against me.

We had only a few meaningful talks in the past 22 years; he was occasionally dishonest and not sincere. However, I do not want to write about those past bad memories, but rather it is time to reconcile with each other and to have a heart-to-heart, open-minded channel as a son and a father.

I thought the legal matter for his previous house incentivized him to talk to me as an advisor and monetary support. I believe that we can change the worst case to the best opportunity; to speak with an open heart with sincerity. While I have talked with him, I have found that he is changing as he is getting older. I like to share the following paragraph with my son.

However, when we fail, we "earn" emotional or physical scars once we acknowledge our failures. You should try to understand past failures and ask yourself, "What can I learn from them?"

They are very important in our learning process and our paths to success, becoming stronger and leading you to a better future.

One of the worst things we can do is think that dealing with failure is ours alone, so look for a close friend or a life coach to support you and your efforts, one who has the experience and the know-how needed to guide you towards your success.

(Author; unknown)

I arrived on Thursday, April 19, and the next day, we went to Ladysmith Federal Bank, to sign the papers. On Saturday, I helped him to clean and arrange one of the barn houses and garage. We talked about various subjects, behavior, sincerity, and even budget estimates. On Sunday, when Joe gave me a ride back to the airport, I was thinking on the Interstate Freeway 94.

"I am now 77 years old, and I do not know how many years I have left. However, I would like to make up for the 22 years I lost with my son by filling our remaining time with love, honesty, and sincerity."

There is no Distance

Life's road takes them in different directions.
No matter how close they are
And how much they love each other,
At least for a while …. Or forever

Father gave to his son when he was fifteen years old.
  "Big Dream, Strong Courage, Wise Wisdom, and Warm Love"

When the day we together come again
I know that the distance between us never existed.
Because our connection, father and son, is too strong.
There is no distance.
Because our connection is too strong.

As you might know, the meaning of these words is:

커다란 꿈 (Big Dream): Think about the future, make a plan. Consider the famous speech, "I Have a Dream" by Martin Luther King. We understand that the goal of the dream is tough to achieve. As long as we have a dream, we can go forward and be energetic in many aspects.

넓은 마음 (Open, Broad Mind): We might have to understand other people,

do not judge or criticize other people by your standard. As no two people are the same, each one has their character, and everyone is different. We have to have an 'open mind,' do not act with emotion, instead work more intellectually to listen and understand other people's speech and behavior. Nobody is perfect.

밝은 슬기 (Bright Wisdom): We have to have (bright) wisdom, not dishonest, or sly mind or behavior. The meaning also includes 'Keep the words, not false promises,' and 'Be responsible for your works.' In other words, have good citizenship.

굳은 의지 (Strong Will): When we have a dream (or plan), we have to continuously work for the goal or dream, never give up, and make a more energetic movement. Even when facing a hundred miles, start with a small step first, and if we keep moving, then we can eventually reach the goal.

뜨거운 사랑 (Warm Love): I believe when we are in love, we can accept almost everything. It's no use not having love.

For many years, we used to say those words together toward the ocean at

the beach after we ran on the Strand most Sunday mornings.

Joseph, as you know, material matters come and go, but Wisdom and Love are in your heart, top of that the relationship between Father and Son is most important.

이명렬 산문집

태평양 건너
언덕 위에서

이 명 렬 산 문 집